우주에서 온 소녀의

21세기

암
행
어
사

3

우주에서 온 21세기 암행어사 ❸

발행일 2023년 1월 20일

지은이 김으겸
펴낸이 손형국
펴낸곳 (주)북랩
편집인 선일영 **편집** 정두철, 배진용, 김현아, 윤용민, 김가람, 김부경
디자인 이현수, 김민하, 김영주, 안유경 **제작** 박기성, 황동현, 구성우, 권태련
마케팅 김회란, 박진관
출판등록 2004. 12. 1(제2012-000051호)
주소 서울특별시 금천구 가산디지털 1로 168, 우림라이온스밸리 B동 B113~114호, C동 B101호
홈페이지 www.book.co.kr
전화번호 (02)2026-5777 **팩스** (02)3159-9637

ISBN 979-11-6836-671-8 04810 (종이책) 979-11-6836-659-6 04810 (세트)
979-11-6836-672-5 05810 (전자책)

(주)북랩 성공출판의 파트너
북랩 홈페이지와 패밀리 사이트에서 다양한 출판 솔루션을 만나 보세요!
홈페이지 book.co.kr • **블로그** blog.naver.com/essaybook • **출판문의** book@book.co.kr

작가 연락처 문의 ▶ ask.book.co.kr
작가 연락처는 개인정보이므로 북랩에서 알려드릴 수 없습니다.

김으겸
판타지
장편 소설

❸

완벽한 옷, 보물 무체

우주에서 온 소녀의
21세기
암
행
어
사

③

북랩

목차

제4장

별에서 온 소녀

2033년 지구 이야기

수민이가 국영이 교습을 끝내고 돌아온 시간은 저녁 6시가 조금 넘어서였다.

b 아파트 입구에선 수민이를 기다리는 두 여학생이 있었다.

지수와 하나였다.

하나가 영미의 말을 듣고 지수와 빠르게 친구가 된 것이다.

"어디 갔다가 오는 거야?"

지수가 수민이를 발견하고 쪼르르 달려오며 물었다.

"어! 지수야! 하나야! 너희들이 왜?"

지수와 하나가 외출복으로 갈아입고 수민이를 기다리고 있었다는 것을 안 수민이가 오히려 반문한다.

"헤헤…… 너와 놀러 가려고."

"아까부터 기다리고 있었다. 얼른 옷 갈아입고 나와."

하나와 지수가 차례대로 한마디씩 했다. 벌써 기다린 지 오래된 듯 보였다.

"무슨 일인데?"

"그냥 너 서울 구경시켜주려고. 헤헤……."

하나가 묘한 웃음을 흘리며 수민이에게 눈을 찡긋했다.

"알았어. 조금만 기다려. 나도 옷 갈아입고 나올게."

"응! 얼른 갔다 와!"

수민이가 말하며 아파트로 들어가자 하나와 지수는 수민이 등 뒤에서 동시에 대답했다.

"늦은 시각에 어딜 가려고?"

모내가 바쁘게 들어와서 옷을 갈아입고 나가는 수민이를 보고 물었다.

"친구들이 놀러 가자고 해서요. 다녀올게요."

수민이가 모내에게 고개를 숙여 인사를 하는 자세로 얼른 대답했다.

다녀오겠다는 인사다.

"아주 불량학생이 돼가는구만. 사라진 괴물박사를 찾는다 어쩌고 하더니 저런 철부지가 뭘 찾는다고. 탐정은 개뿔."

스미스 헨리가 장난으로 한마디 한다.

"뭐 자기 스타일이라고? 소녀를 졸졸 따라다니는 사람이 누구더라?"

수민이는 비꼬듯 한마디하고 나가버렸다.

"어떻게 알았지? 이상하네! 제가 따라가 볼게요."

헨리가 옷을 갈아입으려고 얼른 자기 방으로 들어간다.

"놔둬라! 친구들과 어울려 다니는 것이야 나쁠 건 없다."

모내가 헨리 등 뒤에서 한마디 하며 헨리를 만류한다.

"그래도…… 누나 안전이 중요하잖아요. 걱정돼서요."

헨리가 모내를 바라보며 말했다. 수민이 뒤를 따라가는 것을 허락해 달라는 표정으로.

완벽한 옷, 보물 무체

"네가 걱정 안 해도 된다."

"그럼……! 이미 할머니께서 누나 몰래?"

"아니다! 할미도 모르는 강한 친구가 둘씩이나 생겼더라."

"누군데요? 저도 아는 사람이에요?"

"넌 모른다."

"누나보다 강한 사람이겠죠?"

"암! 그러니 걱정 말고 네 할 일이나 하렴."

모내가 할 말을 다 했다는 듯 주방으로 들어가 버린다.

"누군데요?"

안심이 안 된다는 표정으로 헨리가 모내 뒤를 졸졸 따라다니며 물었지만 모내는 끝내 답을 안 했다.

누에섬에서 싸움을 마친 강풍과 그 문제의 여인은 함께 강풍의 집에서 저녁을 먹고 있었다.

"엄마! 다음부턴 차 트렁크에 숨어서 따라다니지 않아도 돼요."

밥을 먹으며 강풍이 말했다.

앞에서 밥을 먹는 문제의 여인이 바로 강풍의 엄마란 이야기다.

강풍에겐 두 명의 엄마가 있다. 강풍을 키워준 엄마로 불치병으로 고생하는 유나. 그 불치병에서 벗어나 살아났단 이야긴가. 아니면 강풍의 친엄마 지현? 만약 지현이라면 그렇게 손속이 잔인한 살수가 되었을 리 만무했다. 허나 치렁치렁한 머리카락 사이로 조금씩 보이는 그 얼굴. 지현과 많이 닮았다.

"그분이 네게 생명 연장을 위해서 더 이상의 무예는 가르쳐서는 안 된다고 하시며 내게 모든 능력을 물려주신 것을 어쩌겠느냐? 네 몸 스스로 지킬 수 없는 것을? 이 엄마가 나서지 않으면 넌 벌써 죽었을 것이야. 상대가 누구란 것을 알면서도 그런 소리를 하느냐?"

"장 회장의 딸을 내가 죽인 것도 아닌데……."

강풍이 모르겠다는 투로 말했다.

"네가 직접 죽인 것은 아니지만. 너 때문인 것은 맞다. 이유야 어찌됐든. 널 좋다고 쫓아다니다가 그렇게 됐으니……."

"그럼? 이번에 예원예고 야구팀 창단도 장 회장이 어떤 방법이든 방해를 할 것이군요?"

"글쎄다. 예원예고는 장 회장이 설립한 학교인데…… 도무지 영문을 모르겠다. 널 학교 야구팀 창단을 위한 감독으로 초빙한 것도 아마 장회장 뜻일 텐데……. 무슨 꿍꿍인지."

"네에? 장 회장이 실질적인 예원예고 주인이라고요?"

"그렇다! 내가. 네가 감독직을 맡았다는 말을 듣고 알아보니 그렇더구나."

"흠……! 정말 모르겠군요. 무슨 꿍꿍인지."

"아마도…… 너를 돕는 날 끌어내려는 수작일 것이다. 내 정체부터 파악하고 너와 날 동시에 제거하려는……."

"그걸 알면서…… 오늘도 절 따라온 거예요?"

"그래! 장 회장이 내가 보고 싶다면 보여줘야 하지 않겠니?"

"설마……! 엄마 뜻은?"

"그래! 네 생각이 맞다!"

강풍과 그의 엄마 이야기는 계속 이어지고 있었다.

어두운 사무실.

두 그림자가 있었다.

"그 여학생이 시장에 놀러 갔다고?"

"네! 여학생들 셋이 놀러 다니고 있어요. 수민이랑 같이."

"그럼 가서 수민이 그 여학생을 죽이라고 해."

"네? 죽이라고요?"

"그래. 칼로 정확하게 찌르라고 해."

"왜? 그런 명령을?"

"그냥 시키는 대로 해."

"알겠습니다."

두 그림자는 그렇게 대화를 나누고 사라졌다.

수민이는 하나와 지수를 따라 동대문 시장을 돌아다니고 있었다.

"야아. 수민아! 이거 입어봐! 예쁜 옷이다. 얼른 입어봐!"

하나가 옷을 하나 골라 수민이에게 내밀며 말했다.

하나와 지수 둘은 수민이가 한국에 온 기념으로 옷을 사주겠단다. 아마도 용돈을 아껴 쓰고 모아둔 것을 둘이 합쳐 수민이 옷을 사주려는 모양이다. 수민이도 그 것을 알고 친구들의 마음에 무한한 고마움을 느끼고 있었다.

"너희들……! 참!"

수민이가 얼른 고개를 돌린다. 고마움에 눈물이 핑 돌아 그 눈물을 친구들에게 보이고 싶지 않아서다.

"얼른 입어봐! 저기 거울 뒤에 옷 입는 공간이 있어."

지수가 수민이 등을 떠밀면서 거울로 된 문을 열고 수민이를 안으로 밀어 넣다시피 했다.

　"쟤가 눈물을 흘렸어."

　하나가 지수 귀에 대고 작은 소리로 말한다.

　"응! 수민이가 감성이 풍부하고 착하다는 뜻이야. 그 정도에 울다니…… 헤헤."

　지수가 역시 작은 소리로 말했다.

　"나온다. 나온다."

　얼른 작은 소리로 하나가 말했다. 수민이가 옷을 입고 밖으로 나오고 있었다. 키가 작은 수민이가 입기엔 딱 좋은 녹색 상의다. 아주 잘 어울렸다. 특히 가슴에 하얀색으로 그려진 토끼 그림이 너무도 예뻤다.

　"이야……! 예쁘다. 너무 잘 어울린다."

　지수가 탄성을 질렀다.

　하나 역시 지수 말에 동의 한다는 표정으로 고개를 끄떡이며 수민이를 바라본다.

　"정말? 잘 어울려?"

　수민이가 몸을 한 바퀴 돌며 환한 미소로 묻는다.

　"응! 짱이야."

　"대박. 정말 예쁘게 어울린다."

　하나와 지수가 엄지손가락을 세우며 말했다.

　"이걸로 하자."

　지수가 말했다.

　"고마워! 친구들아."

완벽한 옷, 보물 무체

수민이가 정말 고마운 표정으로 말했다.

"고맙긴. 대신 먹을 건 네가 사라. 우리 배고프다."

하나가 말을 하며 지수를 본다. 자기 말에 동의 하느냐고 묻는 표정이다.

"암! 요기 골목을 나가면 떡볶이가 짱이야. 그거 먹고 싶어."

하나 말뜻을 알아차린 지수가 얼른 말했다.

"알았어! 떡볶이는 내가 살게."

수민이가 두 친구 뜻을 알고 얼른 대답했다.

하나와 지수는 옷을 사줬다고 고마움에 눈물까지 보인 수민이 부담을 덜어주기 위해 먹을 것을 사라고 하면서도 돈을 절약하자는 뜻으로 값이 싼 떡볶이를 권하고 있었다. 그걸 수민이가 모를 리 없었다.

미리 돈을 모아 하나가 가지고 있었기에 옷값은 하나가 치르고 나왔다.

동대문시장을 벗어나 청계천으로 나오는 골목에 포장마차가 즐비하게 늘어서 있었다.

초저녁인데도 이미 거나하게 취한 사람들이 시끄럽게 떠드는 모습도 보였다.

비틀비틀.

술에 취한 청년 하나가 걸어오고 있었다.

반짝.

희미한 전등불에 청년 손에서 뭔가 반짝거렸다.

수민이 두 눈이 파랗게 빛났다.

청년은 비틀거리며 수민이에게 다가온다.

"이 아저씨가 벌써 취했네."

본능적인가. 지수가 수민이를 몸으로 보호하며 청년을 옆으로 밀어 버렸다.

"어, 어!"

청년은 비틀거리며 골목으로 쓰러질 듯 걸어서 갔다.

비틀비틀.

수민이 일행이 멀리 사라지고. 골목길 전봇대 아래. 그 문제의 청년 이 주저앉아 있었다.

"콜록. 콜록. 젠장. 내가 이런 실수를."

청년은 자신의 가슴을 내려다보았다. 자신이 들고 있던 날카로운 흉 기로 자신의 배를 찌른 것이다. 청년 배에선 피가 꾸역꾸역 나오고 있 었다.

"그 계집애가 갑자기 내 손을 밀어서 내가 내 배를…… 제길. 아무 것도 모르는 계집애 손에 내가 이런 실수를. 콜록."

청년은 다시 비틀거리며 일어나 천천히 사라졌다.

아는지 모르는지.

수민이와 하나, 지수는 떡볶이를 파는 포장마차에서 맛있게 떡볶이 를 먹고 있었다.

"하하…… 이 떡볶이 정말 맛있지?"

"응! 조금 맵지만 맛있어."

"야아! 떡볶이는 매운맛으로 먹는 거야."

하나와 수민이 지수는 한마디씩 하며 맛있게 먹고 있었다.

"많이 먹지 말고 조금만 먹고 얼른 집으로 가자. 집에서 부모님이 저 녁상 차려놓고 기다리실 거야."

완벽한 옷, 보물 무체

하나가 지수에게 눈을 찡긋거리며 말했다. 많이 먹으면 수민이 돈이 나갈 것을 염려해서 하는 말이다.

"암! 자식들이 부모님 걱정을 시켜서야 어디 되겠어? 안 그래?"

지수가 얼른 대답하며 수민이 등을 손바닥으로 툭 치며 묻는다. 이 제 그만 가자는 뜻이다.

"알았어! 고마워! 친구들아."

수민이도 하나와 지수 등을 두 팔로 안으며 말했다.

어느 공간.

아름다운 모습의 신 유유가 생긋 웃으며 말했다.

"영후님! 병제께서 인간계에 신비로운 소녀가 생겼다고 하시던데. 아 시나요?"

"물론 들었습니다."

"저도 그 소녀를 봤는데요. 정말 인간들에게서 그렇게 강한 인간이 있다는 것은 신비로웠습니다. 저와 붙으면 제가 이길 자신이 없더라 고요."

"강하다고요? 분노를 모르는 소녀라던데요?"

"분노는 모르죠. 사람을 죽일 때도 웃으면서 죽이거든요. 그 모습을 보며 소름이 끼쳤어요. 평소엔 생글거리는 모습의 티 없이 맑은 소녀 인데, 싸울 땐 아니에요. 마치 장난감을 가지고 놀 듯 인간들을 상대 하거든요."

"그래요? 병제께선 혼을 섭취할 방법도 모른다고 하시던데?"

"맞아요. 차로 밀어 보았고. 옥상에서 돌을 떨어뜨려 보았고. 지나가다가 갑자기 칼로 찌르게도 해봤지만. 전부 실패했어요. 인간의 손으로는 도저히 죽일 수가 없는 소녀에요."

"이름이 뭐예요? 그 소녀 이름이?"

영후가 궁금해서 물었다.

"미미라고 하더군요."

유유가 대답했다.

"헌데 그런 소녀가 한 명 더 있다고 하시던데요?"

영후가 물었다.

"네! 보군께서 약으로 쓰려고 키우는 아이 누나와 같이 다니는 소녀인데 이름이 지수라고 부르더군요. 강함도 강하지만 지능이 우리들보다 더 높은 것 같고요. 냉철하고 자비란 것이 없더라고요."

유유가 말했다.

"우선 그 소녀부터 처리하시죠."

영후가 말했다.

"그러지 않아도 처리하려고 합니다."

유유가 생긋 웃으며 말했다.

어두운 골목 안 두 그림자가 서 있었다.

"준. 아무리 봐도 그냥 평범한 여고생들인데. 지수란 애만 빼고는"

"그런 것 같네. 조금 운동을 잘하는 학생이겠지. 신경이 과민했나 봐."

한마디씩 하고 두 그림자는 연기처럼 사라졌다.

"갔다."

하나가 작은 소리로 말했다.

"그들이 네가 말하는 신이란 존재야?"

수민이가 작은 소리로 물었다.

"맞아! 하나는 '닐준'이란 놈이고, 또 하난 '더닝'이란 놈이야. 저놈들이 다니는 걸 보면 배신자 이철도 분명 근처에 있을 거야. 놈들은 배신자 이철을 회유하고 배신하도록 만든 '처녀귀신'이라고 부르는 아름다운 여신 유유의 부하들이거든."

"유유? 그럼 배신자를 미모로 유혹했다는 이야기네?"

수민이가 알겠다는 투로 말했다.

"역시. 보면 볼수록 신비하단 말이야."

하나가 수민이를 보고 살짝 미소를 띠며 말했다.

"이제부터 우리 셋이 저들을 상대해야 하는 거지?"

지수가 흥미롭다는 투로 묻는다.

"그래. 허나 각별히 조심해야 해. 저들은 인간이 아니니깐."

하나가 손가락으로 입을 막는 시늉을 하며 조그만 소리로 말했다.

"난 조금 전 칼 들고 설치던 멍청이나 쫓아갈게."

지수는 그 말을 남기며 곧 어둠 속으로 사라졌다.

지수가 떠난 장면을 목격한 덩치 큰 남자가 하얀 이빨을 드러내고 웃었다.

"크크…… 강한 년이 이젠 가버렸으니 내가 나서야지. 수민이라고? 네가 그 유명한 해결사 w지? 오늘 황천에 갈 것이다. 감히 내 청소부들을 건드리다니. 그것들을 어떻게 키운 것들인데."

덩치 큰 남자는 주머니에서 뭔가를 꺼내 들었다. 남자가 꺼내 든 물건이 희미한 가로등 불빛에 살짝 보였다. 권총이다.

덩치 큰 남자는 전봇대에 몸을 숨기면서 권총을 수민이를 향해 겨눴다. 수민이를 향해 정확히 조준을 하고 막 방아쇠를 당기려는 찰나.

덩치 큰 남자는 갑자기 목덜미가 서늘한 느낌에 온몸이 경직됐다. 남자의 귓속으로 조용한 음성이 들렸다.

"호위란 몸을 드러내지 않는다네."

덩치 큰 남자는 그 말을 들으며 정신을 잃었다.

우당탕. 쾅.

요란한 소리와 함께 청년 하나가 지하실로 내려오는 계단을 굴러서 떨어졌다.

"어! 야! 망치! 이게 무슨 일이야?"

30대 남자 하나가 그 소리를 듣고 문을 열고 나오다가 청년을 발견하고 안아 부축하며 물었다.

"젠장. 내 실수였어."

청년은 그 말을 끝으로 정신을 잃었다.

30대 남자는 청년을 안아 들고 지하실 문 안으로 사라졌다.

지하실 실내는 무척 넓었다.

많은 운동 기구가 즐비하게 널려져 있고 막 운동을 하던 여인이 30대 남자가 청년을 안고 들어오는 것을 발견하고 깜짝 놀라며 달려왔다.

"무슨 일이야? 망치가 왜 이래?"

"몰라요. 누구한테 당한 모양인데. 망치는 자신의 실수라고 하던데."

30대 남자는 여인에게 존댓말을 쓴다.

"이놈이! 수민인가 뭔가 하는 소녀를 시험해보라고 했더니…… 당하고 왔단 이야긴가. 블랙이글의 망치란 녀석이?"

여인 입에서 블랙이글이란 말이 튀어나왔다.

망치. 망치라면 블랙이글의 다섯 번째 두목이라는…… 말인데.

"자신이 들고 간 칼에 자신의 배를 찔린 모양입니다."

"뭐? 멍청한! 어쩌다 그런 실수를…… 얼른 병원으로 옮겨. 상태가 심각하다."

"알겠습니다!"

30대 남자는 얼른 청년을 안고 지하실 한쪽에 위치한 엘리베이터로 들어가 문을 닫았다.

"그래! 저 녀석 실수겠지. 하지만 왜? 자신의 배를 찔렀지? 멍청한."

여인은 도무지 모르겠다는 표정으로 고개를 설레설레 흔든다.

고개를 흔드는 여인의 얼굴이 전등불에 비춰 자세히 드러났다. 무척 잘생긴 미모의 30대 여인이다.

주인공 이야기

깊은 밤.

영미는 잠을 자고 있었다.

영미가 자고 있는 방문으로 검은 그림자가 소리 없이 접근했다. 손에는 날카로운 칼이 들려있었다.

살금살금. 검은 그림자는 영미 방문을 열고 막 방으로 들어서려는데.

드르륵.

소리가 들리며 무칠이 부인이 방에서 나왔다.

검은 그림자는 얼른 영미가 자는 방문을 닫고 어둠 속으로 사라졌다.

"응?"

영미도 잠에서 깬 모양이다.

"분명 강철 오빠 냄새가 났는데. 아닌가!"

영미는 고개를 갸웃거리더니 일어나서 밖으로 나갔다.

"아가씨! 왜? 일어났어요? 아직 한밤중인데."

무칠이 부인이 화장실을 들어가려다가 영미를 보고 물었다.

"아! 네! 누가 왔던 것 같아서요."

영미가 밖을 살피며 건성으로 대답했다.

"누가 오긴요. 전 아무도 못 봤는데요."

무칠이 부인이 대답을 하며 화장실로 들어갔다.

영미는 고개를 갸웃하며 대문 밖으로 걸어 나갔다.

"누군가?"

아무도 없는 곳을 향해 영미가 묻는다.

"문주님의 명으로 태상문주님을 호위하고 있는 독군입니다."

어둠 속에서 청년 하나가 걸어 나오며 고개를 숙이고 인사를 했다.

"오! 독군. 고생이 많습니다. 그러지 않아도 되는데."

영미가 말했다.

"저는 문주님 명을 따를 수밖에 없습니다."

독군이 다시 고개를 숙이며 말했다.

"그래요? 방금 누군가 왔다 갔는데. 보셨지요?"

영미가 물었다.

"네! 강철 태자님이십니다. 어사님께 호의적이지 않은 행동이셨기에 제가 기척을 냈고 강철 태자님은 제 기척을 듣고 돌아가셨습니다."

독군이 공손히 말했다.

"흠! 호의적이지 않다? 아무튼 더 지켜보면 알겠지요."

영미가 고개를 끄덕이며 말했다.

"그럼 전 이만."

독군이 인사를 하고 물러서려고 하자 영미가 급히 말했다.

"잠깐만요, 독군. 우리 차나 한잔합시다. 마침 근처에 편의점이 있더라고요. 거기서 간단히 차 한잔합시다."

영미는 말을 마치고 독군 대답도 듣지 않고 앞장서서 걷기 시작했다. 독군은 천천히 영미 뒤를 따라 걷고 있었다.

편의점에서 영미는 따뜻한 커피 두 잔을 사서 테이블 위에 올려놓고 맞은 편에 앉으며 독군에게 앉으라는 손짓을 했다. 독군은 말없이 맞은편에 앉았다.

"한 모금 드세요."

영미가 말했다.

"네! 감사합니다."

독군이 커피잔을 들어 입으로 가져갔다.

"제가 알고 있는 내용은 독군님이 3군 중에 으뜸이라고 하시던데. 역시 직접 뵈니 맞는 것 같네요."

영미가 독군을 찬찬히 살펴보며 말했다.

"허허 과찬이십니다."

독군이 웃으며 말했다.

"야간에 제가 잠들었을 때만 호위를 하시는 것이지요?"

영미가 독군에게 물었다.

"네! 그렇습니다."

독군이 대답했다.

"앞으로는 제 호위 말고 다른 일을 좀 해주세요. 비밀리에. 아무도 모르게"

영미가 말했다.

"네? 무슨 말씀이신지?"

독군이 의아해하며 물었다.

"경은이에겐 제가 말할게요. 이건 당분간 경은이에게도 비밀입니다."

영미가 말했다.

"네? 문주님에게도요?

독군이 다시 물었다.

"네! 물론입니다."

영미가 말했다.

"네! 태상문주님 명을 받습니다."

독군이 벌떡 일어서서 공손히 인사를 하며 고개를 숙였다.

"앉으세요. 이번 일은 심효주를 잡기 위한 극비 작전입니다. 그러니 절대 비밀입니다."

영미가 다짐하듯 다시 말했다.

"네! 명심하겠습니다. 헌데? 그럼 누가 태상문주님 호위를?"

독군이 영미 안전이 걱정되는 모양이다.

"나오세요."

영미가 미소를 지으며 어둠 속을 보고 말했다.

사라랑.

마치 안개가 피어오르듯 검은 연무가 한 줌 다가와 영미 앞에 멈추더니 인간 형상으로 변했다.

"철령이라 합니다."

가느다란 몸매에 작은 체구의 너무도 완벽한 미남자가 독군에게 인사를 했다. 독군으로서는 처음 보는 미남자다. 순간적으로 독군은 질투가 느껴졌다. 자신이 얼마나 영미를 좋아하는데. 그래서 사실 영미 호위를 자청해서 했던 것이다. 헌데 이런 미남자가 영미 호위를 맡고 있다니. 독군으로서는 강한 질투심이 치솟았다.

"이젠 가보세요."

영미가 말했다. 미남자 철령은 다시 연무처럼 사라졌다. 독군으로서는 그 흔적을 찾을 수가 없었다. 독군은 무척 놀랐다. 자신이 사라지는 흔적도 못 찾는 것은 자신보다 배는 강하다는 증거이기 때문이다.

"우리 철령이 내가 잠든 시간엔 나를 철통같이 지킬 것이니 안심하셔도 됩니다. 그러니 독군께서는 비밀 임무를 수행해주세요."

영미가 말했다.

"명 받습니다."

독군은 다시 벌떡 일어서서 공손히 고개를 숙이며 말했다. 하지만 치솟는 질투심은 어쩔 수 없었다. 헌데 그런 독군의 마음을 아는지 영미의 음성이 귓속으로 파고들었다.

"사람과 똑같지만 최근에 개발한 로봇입니다. 감쪽같죠?"

영미가 입가에 미소를 띠며 말했다.

"네? 정말입니까? 정말 전혀 눈치 채지 못했습니다."

독군은 정말 놀랐다. 자신의 안목으로도 전혀 로봇이라고는 생각도 못 했기 때문에 질투를 한 자신이 우습기도 하고 영미의 능력에 무한한 경외심을 갖게 되었다. 독군은 안다. 로봇개발의 중심엔 영미가 있다는 것을. 독군은 다시 영미를 슬그머니 바라본다. 애정이 듬뿍 담긴 눈으로.

"곧 소형으로 된 최신 로봇이 만들어질 겁니다. 그럼 야간에 호위를 서는 불편함을 없앨 수 있겠지요."

영미가 환하게 웃었다. 그런 영미의 웃음을 독군은 넋을 놓고 바라본다.

"혹시 결혼 상대는 어떤 분으로?"

차를 몇 모금 마시던 독군은 용기를 내어 물었다.

"결혼이요? 제 나이 이제 16세인데요. 너무 이른 것 아니에요? 나이가 차면 공개모집을 할까요?"

영미가 웃으며 말했다.

"공개모집이요? 그것참 좋은 생각이십니다. 하하……."

독군이 웃었다. 영미도 따라 웃었다.

선녀 이야기

"으아……!"

준석은 오랜만에 일찍 일어나 하품을 하며 손목시계를 들여다보았다.

5시 54분.

"이렇게 일찍 날이 밝았었나!"

준석은 얼른 침대에서 일어나 방문을 열고 나갔다.

선녀를 보고 싶었기 때문이다.

화장실에 가서 볼일을 보고 세수도 하고 후다닥 선녀 방으로 달려가 문을 두드렸다.

똑. 똑.

"벌써 나가셨어요!"

문영주가 준석이 뒤에서 말했다.

"어디로요?"

준석이 다급히 물었다.

"풉……! 정원에 계세요!"

문영주는 준석이 선녀를 무척 보고 싶어 한다는 사실에 살짝 웃었다.

준석은 후다닥 뛰어서 정원으로 나갔다.

"헛!"

준석은 선녀를 발견하고 무척 놀랐다.

마치 한 마리 나비가 노릴 듯 사뿐사뿐 날아다니고 있었다.

작은 꽃밭 위를 날아서 연못 위에 멈추었다가 다시 나무 위로 날고.

"정말 선녀일까!"

준석은 마치 꿈속에서 선녀를 만난 듯 몽롱한 시선으로 선녀를 쫓아 고개를 돌리고 있었다.

"풉……!"

문영주는 준석이 모습을 보며 미소를 짓고 있었다.

"6시 뉴스 한다. 들어와 봐라!"

준호가 문을 열고 소리쳤다.

준석과 문영주가 얼른 방으로 들어갔다.

선녀는 여전히 혼자 놀고 있었다.

방으로 들어 온 준석과 문영주는 나란히 소파에 앉았다.

이미 준호와 준석이 부모님은 소파에 앉아 6시 뉴스를 보기 위해 TV를 켜놓고 있었다.

"6시 뉴스를 시작하겠습니다! 첫 번째로 사람인지 정말 하늘에서 내려온 선녀인지 아름다운 선녀 이야기부터 하겠습니다!"

TV 속 아나운서는 들뜬 목소리로 첫 번째 뉴스로 선녀 이야기부터 할 모양이었다.

"햐! 세상 난리 날 거야!"

준석이 한마디 했다.

"고속도로 휴게소에서 사람을 안고 10여 미터를 날아간 이름도 선녀입니다!"

아나운서 말과 함께 선녀 모습이 동영상으로 나왔다.

"엥!"

준석이 아쉬운 한마디를 했다.

선녀가 나온 시간은 겨우 10여 초에 불과했던 것이다.

"이번 선녀 이야기는 동영상을 보면서 말씀드리겠습니다!"

아나운서가 다시 말을 했다.

"히……! 그럼 그렇지!"

준석은 다시 선녀 동영상이 나올 것으로 알고 당연하단 투로 말했다.

그런데

완벽한 옷, 보물 무체

"인터넷과 외신 기자들까지 촬영을 한 동영상입니다! 마치 그림자만 보이듯 무척 빠르게 날고 있습니다! 동네 불량배들을 혼내주는 모습입니다! 사람이 저처럼 빠르게 날 수 있을까요? 아닙니다! 외신기자들은 하늘에서 내려온 선녀라고 말을 합니다! 밤새 인터넷을 뜨겁게 달구었던. 저 선녀는 방금 전 휴게소에서 사람을 안고 10여 미터나 날았던 선녀란 이름을 갖은 아가씨와 지금 보시는 이 아가씨. 둘 중 하나는 혹시 탐정 w와 관련이 있지 않나 그런 생각도 해봅니다! 마치 구름 위를 날듯 불량배들 주위를 빙빙 날며 통조림 깡통으로 머리를 톡톡 치는 모습이 보입니다! 현재 보여드리고 있는 동영상은 10분의 1로 속도를 줄여 방영하는 중이므로 시청자분들께서 보실 수가 있습니다! 실제는 사람 그림자조차 보이지 않습니다! 그리고 순식간에 자취를 감춰서 카메라가 사라지는 모습은 잡질 못해 안타깝습니다! 그러나 여기서 잠깐! 모 인터넷 기자가 잡은 사라지는 모습 동영상을 100분의 1 속도로 보여 드리겠습니다!"

동영상은 강희 모습을 촬영한 것이 약 5분간 방영되고 있었다.

"뭐지! 저건 누구야! 햐! 얼굴도 무지 예쁘고 무척 빠르다!"

준호가 탄성을 지르며 박수까지 쳤다.

마치 선녀한테 진 분풀이를 하는 듯.

"100분의 1속도로 보여드려도 사라지는 모습은 희미한 그림자뿐입니다! 그럼 다시 한 번 천천히 처음 이야기를 나누는 모습부터 보여드리겠습니다!"

강희가 불량배들과 이야기 하는 순간부터 사라질 때까지 다시 방송이 되고 있었다.

"세상에 무슨 일이 일어나려나. 갑자기 선녀들이라니……!"

준호 어머니가 걱정스럽다는 듯 말했다.

"외신 소식을 전해드리면 ym 뉴스는 '한국에 선녀가 나타났다. 마치 하늘에서 내려온 듯 아름다운 선녀는 둘이다! 그들이 스포츠에 나오면 지구에 스포츠 선수는 잘해야 동메달 감이다'라고 말했습니다! 일본 hn TV는 '왜 한국에 선녀들이 둘씩이나 나타나고 일본엔 안 오시나'하고 탄식을 하였습니다! 그럼 다시 한 번 더 동영상을 감상하시겠습니다."

TV에선 강희 모습을 담은 동영상이 무려 4번이나 연속 방송되고 있었다.

"흠……!"

언제 들어왔는지.

선녀가 뉴스를 보고 심각한 표정을 짓고 있었다.

"……!"

선녀의 심각한 표정을 준호가 보았다.

"히힛……! 저게 진짜 선녀야! 하늘에서 내려온 선녀! 하하하……."

준호는 크게 웃었다.

마치 선녀에게 화풀이하듯.

그런데.

"맞아! 하늘에서 내려온 것은……."

선녀가 준호 말에 수긍을 하는 것이 아닌가.

모두들 선녀가 속상해서 하는 말이라 생각했다.

대한민국은 아침부터 새로운 뉴스에 들떠있었다.

포천 p 병원.

뉴스를 본 우석은

서둘러 옷을 갈아입고 병원 주차장으로 향했다.

"틀림없이 수술을 받고 사라진 그 소녀인데 왜 선녀라고 할까. 어떻게 날아다니! 컴퓨터 그래픽도 아니고. 아무튼 내가 직접 가서 찾아봐야겠다!"

우석은 바쁜 걸음으로 주차장에 새워 둔 자신의 검정색 승용차에 올라탔다.

우석은 승용차를 몰고 빠른 속도로 주차장을 벗어나 도로로 질주하기 시작했다.

뒤늦게 특종을 놓친 기자들도 서둘러 중곡동으로, 중곡동으로 모여들기 시작했다.

아침부터 중곡동 f 마트 앞은 각 방송 차량들과 기자들로 북적거렸다.

"멍청이들⋯⋯! 큭큭⋯⋯."

f 마트 앞이 훤히 내려다보이는 pc방 5층 옥상 위 난간에 쪼그리고 앉아 있는 영미가 수많은 기자들을 내려다보며 비웃음을 흘렸다.

"너희들이 찾는 선녀는 다른 곳에서 오빠랑 수련 중이다! 큭큭⋯⋯ 아마 오늘은 오지도 않을걸⋯⋯! 헛고생들이나 많이 해라! 큭큭⋯⋯."

영미가 비웃음을 흘리며 주머니에서 껌을 하나 꺼내 질근질근 씹었다.

"요런 건 400년 전에 선조님들이 즐겨 먹던 건데, 이곳은 이제 유행인가 봐. 큭큭⋯⋯ 원시인들이 겨우 경공 1단계 배운 시골뜨기 보고 난리를 치는 것도 무리는 아니지. 저 요란한 소음의 자동차 하며, 공기 오염을 시키는 연료를 쓰는 것 하며, 아직도 저렇게 걸어 다니는 것들 하며. 쳇!"

영미는 뭔가 못마땅한 눈치다.

계속 투덜거렸다.

"우주선도 소리 없이 움직이는 세상인데 아직도 시끄러운 소음에 익숙하다니, 쩝! 저, 저런 것도 아직 타고 다니나!"

영미가 어이가 없다는 듯 오토바이가 요란한 소리를 내며 지나가는 것을 보고 중얼거렸다.

"심심한데! 뭐 재미있는 것 없나! 무칠이나 데리고 놀까! 아니면 저 멍청이들이나 골탕 먹일까!"

영미가 중얼거리며 뭔가 골똘히 생각하기 시작했다.

"안 돼! 멍청이들 골탕 먹이면. 나중에 오빠한테 혼날 거야! 역시 무칠이나 데리고 장난해야겠다!"

영미는 따분한 표정을 지으며 옥상 난간에서 일어섰다.

"헉!"

갑자기 영미가 뭔가 발견하고 얼른 앉았다.

"드디어 한 놈 나타났다! 움직임을 보아 비밀단 놈이다!"

영미가 북적거리는 기자들 사이로 시선을 고정했다.

밀짚모자를 깊숙이 눌러 쓴 사람이 서서히 기자들 틈을 헤집고 지나가고 있었다.

"저놈이다! 움직임으로 보니 겨우 3급 자객이다! 그렇다면 저놈 혼자가 아니다! 저놈은 정찰을 나온 것이다! 뒤에 1급 자객이 있다는 증거다! 도대체 몇 명이 왔단 말인가!"

영미가 밀짚모자를 쓴 사람을 따라 시선을 움직이며 혼자 중얼거렸다.

"큭큭……! 아무렴 어때! 심심한데! 저놈은 남자다! 그렇다면 이번엔 선녀가 아니고 뭐라고 난리들을 칠까! 큭큭……!"

영미가 무슨 재미난 장난을 칠 생각이다.

"사방팔방 도주로를 차단하고 무형 공격을 한다! 그럼 저놈은 기자들에게 재미난 구경만 시켜 주겠지……! 큭큭……!"

영미가 앉은 자세에서 손을 앞으로 내밀자 손에 둥근 원형 고리 같은 하얀 물체가 나타났다.

"천국성 武門의 신무기 맛 좀 봐라! 큭큭……! 알까 모르겠네! 요건 이 영미님이 직접 만들어 한 번도 사용하지 않은 것이란 걸……! 그래야 누구 장난인지 모르고 허둥댈 테니깐! 큭큭……!"

영미의 비웃음이 흐르고 손에 있던 하얗고 둥근 고리 같은 물체는 소리 없이 사라졌다.

"헤헷……!"

영미가 즐거운 표정을 지었다.

밀짚모자를 깊숙이 눌러쓴 남자가 모자가 날아가고 짧은 머리카락이 바람에 날리도록 돌아다니고 있었다.

하늘로 오르다가 떨어지고 오른쪽으로 날아가다가 뭔가에 막힌 듯 다시 뒤로 날아갔다. 또, 우측으로 좌측으로 그의 몸놀림은 더욱 빨라졌다.

바쁜 것은 그 남자뿐 아니라 기자들, 카메라도 바쁘게 움직이고 있었다.

"깔깔……!"

영미는 재미있어 팔딱팔딱 뛰고 싶은 마음이었다.

그러나 자신을 노출 시키면 안 되기에 몸을 숨기고 즐겁게 웃기만 했다.

"깔깔……! 오늘 혼나면 네놈들은 더욱 깊숙이 몸을 도사릴 거야! 아주 깊이 숨어라! 그래야 재미있지! 영미를 왜 武神이라 부르는지 뼈저리게 느끼게 될 것이다!"

영미는 특유의 생글생글 웃는 모습으로 돌아왔다.

점점 빨라지던 남자는 이내 바람만 일뿐.

사람 형태도 보이지 않았다.

너무 속도가 빠르기 때문이다.

"바보! 빠를수록 충격도 그만큼 강하다는 걸 알아야지!"

영미가 재미있다는 표정으로 생글생글 웃었다.

기자들이 몰려 있던 f 마트 앞은 회오리바람을 일으키고 있었다.

도망치려고 너무 빠르게 움직이다 보니 바람이 생긴 것이다.

그러나,

차츰.

남자의 속도는 줄어들고 있었다.

지친 것이리라.

"겨우 그 정도냐? 그래도 1시간은 버틸 줄 알았는데 겨우 10분이군!"

영미가 아쉽다는 표정을 지었다.

재미난 일이 다 끝나가기 때문이다.

"이제 보내 줘야겠다! 더 놔두면 죽겠다!"

영미가 손바닥을 폈다.

하얗고 둥근 고리 같은 물체가 나타났다.

하얗고 둥근 고리 같은 물체는 영미 품속으로 사라졌다.

현저하게 느린 속도로 날아가는 남자가 멀리 보였다.

"쳇! 재미도 없잖아! 오늘 저녁 방송에선 다시 난리가 나겠지. 그럼

완벽한 옷, 보물 무체

나도 저놈 뒤나 쫓아볼까!"

영미의 모습은 순식간에 사라졌다.

영미의 마지막 음성은 너무 멀어서 잘 들리지 않을 정도다.

2033년 지구 이야기

수민이를 태운 승용차는 한강이 한눈에 내려다보이는 강가 언덕에 있는 조그만 기와집 앞에서 멈추었다.

장태진의 옛집으로 장국영이 태어난 집이기도 했다. 장태진은 수민이를 남들 이목을 피해 조용한 곳으로 부른 것이다.

"들어가세요. 회장님께서 기다리고 계십니다."

차에서 먼저 내려 수민이가 내리기 좋게 차 문을 열고 부인은 공손하게 말했다.

차에서 내리던 수민이는 주위를 둘러보더니 두 눈이 순간적으로 반짝 빛났다.

"자! 이쪽으로."

부인이 앞장서며 수민이를 작은 기와집 현관으로 안내를 했다. 부인은 현관문을 열고 수민이에게 들어가라는 눈짓을 하고 수민이가 들어가자 문을 닫고 마치 경계를 서듯 문밖에 조용히 서 있었다.

현관에 들어선 수민이는 망설임 없이 3개의 방문 중 하나를 열고 안으로 들어갔다. 방 안은 장식품도 없이 탁자 하나와 방석만 두 개 달랑 있었고. 창가를 서성이며 서 있던 장태진은 수민이가 들어오자 두 눈을 지그시 뜨고 수민이를 유심히 살피고 있었다.

"반가워요! 전 안수민이라고 합니다."

수민이가 인사를 하며 손을 내밀었다.

어찌 보면 당돌하기 짝이 없는 인사. 당연히 호통을 쳐야 할 상황인데 장태진은 수민이가 내민 손을 덥석 잡았다.

"바쁜 사람을 오라고 해서 미안하네. 젊은 친구가 이해를 해주게."

오히려 공손하게 말하는 장태진.

"국영이하고 친구 하기로 했으니 저에겐 아버지와 같습니다. 말씀 편하게 하세요."

나름 공손하게 말을 한 수민이었지만 장태진은 어이가 없다는 표정을 잠깐 비쳤으나 얼른 표정을 감추었다. 장태진에겐 하나뿐인 아들이고 모든 직원들이 상무님이라고 깍듯이 인사를 하며 윗사람으로 대하는 장국영을 나이도 한참 어린 소녀가 이름까지 부르며 친구라고 하니 어이가 없는 것은 당연한 것이었다. 허나 장태진은 자신이 아쉬워 부탁을 하려는 수민이에게 그런 내색을 할 수는 없었던 것이다.

그러나 이미 수민이는 장태진의 그런 마음을 다 읽고 살짝 입가에 미소가 번졌다.

"친구 사이는 서로 마음만 통하면 나이는 상관없다고 봅니다."

수민이가 장태진의 어이없어하는 마음을 읽고 공손하게 한마디 했다.

"오! 그렇지. 그럼! 요새 젊은 사람들은 너무 밝아서 좋단 말이야. 앉지."

장태진이 호탕한 말투로 어색한 분위기를 풀며 수민이에게 자리를 권했다.

"먼저 앉으세요."

수민이가 공손하게 말했다.

장태진은 잠시 수민이를 기특하다는 표정으로 바라보다가 먼저 자리에 앉았다.

장태진이 앉고 나서 수민이도 맞은편에 천천히 앉았다.

방문이 열리며 20대 여인이 쟁반에 찻잔을 들고 들어와 장태진과 수민이 앞에 내려놓고 조용히 물러갔다.

"제주도에서 생산된 녹차라네. 한 모금 마셔보게."

장태진이 먼저 찻잔을 들며 말했다.

"네! 잘 마시겠습니다."

수민이는 찻잔을 들고 향기부터 맡아보며 천천히 한 모금 마셨다.

"부탁이 있어서 미팅을 청했네."

성격이 급한 장태진은 바로 본론으로 들어가기 시작했다.

"네! 들어보고 의견을 말씀드리겠습니다."

수민이는 이미 국영이한테 들어 알고 있으므로 망설이지 않고 대답했다.

'흠…… 역시 내 생각대로 이 아이는 국제적인 살수가 맞구나. 그러니 망설임 없이 대답을 하지. 어린 나이에 살수라니 기막힌 현실이다.'

장태진은 그렇게 속으로 생각하며 본론을 이야기하기 시작했다.

"블랙이글이란 조직폭력배들이 있네. 그들이 국영이와 나를 괴롭히며 야금야금 재산을 빼앗고 있네. 그들을 제거해주게."

"제거라 하심은?"

수민이가 장태진의 말이 떨어지기 무섭게 되물었다.

"없애주게."

장태진은 당연하다는 투로 말했다.

"뭔가 착각을 하셨나 봅니다. 저는 그런 일은 하지 않습니다. 사람을 죽이라니요? 어찌 그런?"

수민이가 황당하다는 표정으로 장태진은 바라본다.

"에이, 왜 이러시나. 이미 자네가 국제적인 살수라는 것을 알고 있다네. 숨기지 말게."

장태진이 임가에 미소를 지으며 말했다.

"아하! 그래서 집 주변엔 저격용 총기를 든 사람들을 배치해놓고 제가 앉은 자리로 정조준되게 총기가 향하고 있었군요. 살수가 부탁을 거절하거나 아버지를 해치려 하면 죽이려고요? 순수한 여인들도 다 고수들이더군요."

수민이가 생글생글 웃는 얼굴로 장태진을 바라보며 말했다.

"역시 내 눈이 틀리지 않았군. 그럼 본인이 살수란 것을 시인한 것인가?"

장태진도 능구렁이같이 임가에 미소를 띠며 말했다.

"허어! 국영이 그 친구는 진실을 믿는 친구던데 아버지는 다르네요? 왜 아니라는데 믿지 않죠? 전 국제적인 살수가 아니라 탐정이며 해결사입니다. 어려운 일을 해결해주고 그 대가를 받는. 단 살인은 절대 안 합니다. 그러니 제게 살인을 청부하시겠다면 이번 미팅은 종료하는 걸로 하시죠."

수민이 말을 마치고 막 일어서려는 자세를 취하자 장태진이 손을 들어 수민이가 일어서려는 것을 만류했다.

"왜요? 제가 먼저 자리를 박차고 일어서면 저격을 하도록 지시를 해두셨죠? 한 가지 분명히 말씀드리면 저는 사람을 죽이지도 않지만, 저도 죽지 않습니다. 사람들을 혼내주다 보면 상처를 입히고 다치게 하지만 저는 상처를 입거나 다치지 않습니다. 믿지 못하시겠다면 시험해보시던가요."

수민이가 혼잣말처럼 작은 소리로 말했다.

"아직 할 말이 있으니 앉게."

장태진은 수민이 말을 들었는지 못 들었는지. 자신이 할 말만 했다.

"살인을 안 한다면. 그렇다면, 블랙이글 폭력배들을 죽이지 말고 그냥 와해시키거나 우리 곁에서 쫓아버리는 것은 맡겠나?"

장태진이 얼른 수민이에게 물었다.

"흠……! 다시는 폭력배 짓을 못 하게끔 손봐주면 되겠어요?"

수민이가 다시 자리를 잡고 앉으며 물었다.

"당연히……."

"그렇다 해도 제2의 블랙이글, 제3의 블랙이글이 나타날 것은 아시죠?"

"제2? 제3? 그것이 무슨 뜻인가?"

"블랙이글을 움직이는 것은 현 정치세력입니다. 지하경제의 돈을 뺏으려는 자들도 정치세력이고요. 그 정도는 아시잖아요?"

"암! 그럴 것이라 생각은 했네.

"그래도 블랙이글 폭력배들 소탕을 제게 맡기시렵니까? 복수심에서?"

수민이가 입가에 미소를 지으며 장태진에게 물었다.

"복수? 복수라…… 당연히 그동안 당한 복수도 해야지. 허나 그렇게 되면 최소한 우리를 노리는 그 정치인이 누군지 모습은 드러내지 않을까?"

장태진이 어깨를 으쓱하며 말했다.

"그럴 수도 있겠죠. 하지만 피라미 몇 명 잡았다고 그들이 나타날까요? 진짜 의뢰를 말씀 하시죠. 본론은 숨긴 채 다른 이야기만 하시지 말고요."

수민이가 입가에 미소를 지으며 말했다

"허! 정말 내가 사람을 잘 봤군! 진짜 의뢰가 있다는 것을 이미 알고 있다니. 좋습니다. 그럼 말씀드리죠. 내겐 국영이 말고 딸이 하나 있답니다. 올해 14살이 되는 막내딸이……."

장태진은 잠시 말을 끊고 긴 한숨을 쉬더니 다시 말을 이어갔다.

"그 아이가 4년 전에 실종됐다오. 그 아이에겐 특별한 능력이 있는데……."

"어떤 능력이죠?"

수민이가 얼른 물었다

"상대방 생각을 읽는 능력이 있답니다."

"아! 정말 특별한 능력이네요. 그 따님 이름은?"

"장미리. 키가 실종 당시 145였습니다. 사진을 한 장 드리죠. 의뢰를 받아 주실 겁니까?"

장태진이 수민이를 빤히 바라보며 물었다.

"하하…… 당연히 의뢰를 받아야죠. 저야 탐정이며 해결사니까요. 블랙이글 두목 6명은 다시는 폭력배 노릇 못 하게 손봐드리죠. 금액은 한국 돈 600억입니다. 계약금 100억. 잔금은 찾아드리고 받습니다. 맡기시겠습니까?"

"오호! 600억이라? 세게 나오네. 그러나 그렇게 하지. 어차피 예상하고 있던 금액이니까."

"네! 그럼 계약서를 작성합시다."

수민이는 미리 준비를 한 듯 품속에서 봉투를 꺼내 그 속에서 계약서를 꺼내 탁자 위에 펼쳐놓고 '실종자 장미리'라는 글자를 쓰고 장태진 앞으로 계약서를 펼쳐주며 펜도 장태진에게 준다. 계약서 내용은 간단했다. 계약금 얼마에 실종된 장미리를 찾아주는 조건이라는 내용 하나만 달랑 있었다.

"그럼 언제까지 블랙이글 두목들을 제거…… 아니 손봐줄 것인가?"

장태진이 수민이가 내민 계약서에 사인을 하며 물었다.

"내일 아침부터는 아마 블랙이글 6명의 두목은 존재하지 않을 것입니다."

"뭐? 내일부터는? 그럼 오늘 밤에? 어디 있는지 이미 알고 있다는 것인가?"

장태진이 무척 놀란 표정으로 물었다.

"네! 어젯밤에 멍청한 망치란 녀석이 저를 해치려다가 도청장치와 위치추적기만 달고 갔답니다. 망치는 이미 병원에 입원해있고요. 그럼."

장태진이 말린 여유도 없이 수민이가 벌떡 일어섰다.

"아! 안 돼."

장태진이 놀라 급히 소리쳤지만 수민이를 향해 총은 발사되지 않았다.

팔랑.

종이 한 장이 허공에서 날아 장태진 앞으로 떨어졌다.

'…… 1시간 내로 계약금 100억을 입금하세요. 계좌번호. ubs……'

종이에는 스위스 은행 계좌번호가 적혀있었다.

"허……! 자네는 그 아이가 어디로 갔는지 보였나?"

언제 나타났는지 방문 앞에 서 있는 20대 여인에게 장태진이 물었다. 조금 전 찻잔을 들고 들어왔던 여인이다.

"전혀 못 봤습니다만 이미 타고 오신 승용차에 계신 것으로 압니다. 들어오실 때부터 이미 총기가 향하는 위치가 본인 자리란 것을 알고 망설임 없이 두 개방은 무시한 채 이 방으로 들어오셨습니다. 제가 느낀 결과는 엄청난 고수입니다. 저 같은 것은 수십 명이 덤벼도 옷깃 하나 건드리지 못할 그런 분 같았고요. 무엇보다 그분이 남긴 그 말뜻이 아직도 궁금합니다."

여인은 놀랍다는 표정으로 대답했다.

"무슨 말?"

"'자신은 죽지도 다치지도 않는다'라고 하신 말씀 말입니다."

"그건 괜히 큰소리친 것일 거야. 신경 쓸 것 없고 얼른 나가서 공손히 모셔다드리라고 하게. 그리고 저격수들이 왜 총을 쏘지 않았나. 확인해봐."

장태진이 얼른 말했다.

"네! 알겠습니다."

여인은 공손히 대답하고 물러갔다.

"흐흐흐…… 내 눈이 틀림없어. 대단한 능력의 살수야. 본인은 아니라고 하지만 살수가 틀림없어. 어디 블랙이글 놈들의 마지막 소식이나 기다려볼까."

장태진은 수민이가 살수가 틀림없다고 믿는 것 같았다. 수민이는 아니라고 하는데 역시 사람들은 자기 생각만 믿는 습성이 있다.

잠시 후 여인이 놀란 표정으로 들어왔다.

"저격수들은 모두 제압당해 있었습니다."

완벽한 옷, 보물 무체

여인이 하는 말이다.

"뭐라고? 제압당해? 어떻게?"

장태진은 놀라며 급히 물었다.

"모두 결박을 당해 있었습니다. 입까지 막고. 손발도 묶이고."

여인은 믿을 수 없다는 표정이다.

"허……! 정말인가? 저격수가 모두 8명인데. 그들 다 말인가?"

장태진도 믿을 수 없는 표정으로 물었다.

"네! 모두 같은 모습으로 제압당해 있었습니다. 그들은 상대가 누군 지도 못 봤답니다."

여인이 대답했다.

"허……! 허허…… 놀라운 일이다. 그 아이의 호위가 있나 보군. 무서운 호위 같아. 허허……."

장태진은 기막히다는 표정으로 웃고 있었다.

"아주 불량 학생이 돼 가는 구만."

헨리가 토끼 눈을 뜨고 아파트로 들어오는 수민이를 보며 말했다.

"아! 너 먹여 살리려면 벌어야 할 것 아니야? 고마운 줄 알아야지."

장난기 가득한 말투로 대꾸하는 수민이.

"또 얼마 벌었어?"

헨리가 물었다.

"6백억 짜리야. 밥 먹고 나가서 해결해야지."

수민이가 대수롭지 않은 말투로 대꾸를 하고 욕실로 들어가 버렸다.

"캑. 6백억…… 곧 나라를 사겠다고 하겠네."

헨리가 못마땅한 투로 말했다.

"큭…… 수민이도 나름대로 목표가 있으니 부러워 말아라."

모내가 식탁에 저녁을 차리다 말고 한마디 한다.

"하와이를 통째로 산다고 하는 말을 할머니는 믿어요? 어른들이 헛된 망상 꿈꾸지 못하게 말리지는 않고. 잘한다, 잘한다 하니까 기고만장이죠."

"이놈아! 네가 박사학위 20개 딴다고 하는 것은 헛된 망상 아니고? 누나가 세계 제일 부자가 되려는 꿈은 헛된 망상이냐? 너는 모른다. 네 누나 능력을. 얼른 밥이나 먹자."

"쳇. 엄마나 아빠도 그렇고 할머니들도 그렇고 늘 누나 능력을 모른다 모른다 하는데, 태어나서 매일 싸우는 것만 배웠는데 능력이 싸우는 것 외에 또 있겠어요? 아! 돈 버는 것은 참 잘하죠. 그 돈 다 뭐 할 건지……"

헨리는 입술을 삐죽 내밀며 대꾸했다.

태어나서 엄마도 아빠도 늘 수민아, 수민아, 수민이밖에 모르고 할머니들까지 늘 수민이만 좋아하니 헨리는 늘 외로웠다. 그래서 관심 좀 갖게 하려고 공부에 전념해서 어린 나이에 박사학위를 3개나 따도 아직도 수민이만 바라보는 할머니도, 부모님도 못마땅한 것이다. 헨리는 그 이유를 아직 모른다.

"헨리, 너는 공부나 열심히 해. 내 걱정은 하지 말고. 영미님 생각도 잠시 접고. 바쁜 일 끝내면 찾아오신다고 하셨으니."

수민이가 욕실에서 씻고 나오면서 한마디하고 식탁에 가서 앉는다.

"영미가 누나에게 말을 전해 왔어? 뭐가 그리 바쁘대? 그리고 어떻게 걱정을 안 해. 숫자가 많으면 아무리 누나가 뛰어나도 다친다고 총이라도 맞으면 어떻게 하나 늘 조마조마한데."

헨리가 퉁명스럽게 한마디하고 욕실로 씻으러 들어갔다.

수민이는 안다. 헨리가 누나를 얼마나 좋아하고 걱정하는지. 어려서부터 부모님이나 할머니들이 수민이만 찾을 때 시무룩해진 헨리를 늘 수민이가 감싸주곤 했다. 헨리는 수민이가 한시라도 눈에 보이지 않으면 온 동네를 찾아다니며 울고불고 난리가 아니었다. 그만큼 헨리는 수민이를 따랐다.

"헨리는 날 걱정해서 그러는 것이니 할머니가 많이 다독여줘. 생각이 깊은 녀석이야. 너무 잔소리 듣게 되면 상처 입을지도 몰라. 특히 헨리 듣는 데서 나를 두둔하는 말씀은 삼가시는 것이."

혹시라도 헨리가 들을까 조용히 모내에게 말을 하며 밥을 먹는 수민이다.

"네가 할미 해라. 그러니 애늙은이라는 소리를 듣지. 다른 사람들을 위해 너무 많이 생각하지 마라. 있는 그대로 그냥 살아가."

모내가 역시 작은 소리로 말했다.

수민이는 빙긋이 웃는 모습으로 대답을 대신했다.

"지수 데리고 가거라."

모내가 걱정스러운 표정으로 말했다.

"아직은 지수가 드러나면 안 돼서……."

수민이가 거절의 뜻을 전한다.

"어? 방금 뭐라 그랬어?"

욕실에서 나오던 헨리가 물었다.

"아니. 별다른 말 안 했어. 얼른 와서 밥이나 먹어."

수민이가 얼른 얼버무린다.

"지수가 어쩌고 그랬는데. 또 밤에 놀러 가자고 그래? 지수가?"

헨리가 못마땅하다는 표정이다.

"놀러 좀 다니면 어때서?"

수민이가 대꾸한다.

"애들이 아니, 학생이 공부를 해야지 매일 놀러 다닐 궁리만 해요. 발랑 까져서. 언제 공부해서 박사학위 딸까. 쯧……"

"뭐? 예쁜 여학생 따라다니며 자기 스타일이라고 사귀자고 치근덕대는 것은 좋은 학생이고?"

수민이가 장난하는 말에 헨리가 얼른 수민이 입을 손으로 막았다. 모내가 의아한 표정으로 보자 헨리는 쑥스러운 미소를 지으며 얼른 방으로 들어갔다.

희미한 불빛 속의 지하실.

여자 1명과 남자 3명이 탁자를 사이에 두고 앉아서 심각한 이야기를 나누고 있었다.

"뭐라? 망치가 실수로 자신을 찔렀는데 그것이 두 팔을 쓸 수 없다고? 어째서? 그 의사가 가짜 아니야?"

긴 대롱을 입에 물고 있는 남자가 언성을 높였다.

"고등학생 계집애한테 부딪혀 자기가 들고 있던 칼로 자기 복부만 찌른 줄 알았는데, 왜 두 팔꿈치 연골이 다 나갔는지 이유를 모르겠어."

목이 긴 남자가 한마디 했다.

"뭔가 기분이 안 좋아. 왠지 이상해. 그 여고생들 말이야."

완벽한 옷, 보물 무체

유일한 여자가 한마디 했다.

"그래! 맞아. 뭔가 우리에게 거대한 적이 다가오는 느낌이야."

공부벌레처럼 생긴 남자가 말했다.

"큭…… 그러니까 왜 건드려? 가만히 있는데."

언제 나타났는가. 어두운 지하실 벽. 마치 오랫동안 그 자리에 있었던 것처럼 검은색 복장에 검은 마스크를 한 여리고 키도 작은 한눈에 보아도 소녀 같은 모습인데. 아무리 변장을 해도 목소리가 분명 수민이다.

탁자에 앉아 이야기를 하던 4명은 동시에 놀라 벌떡 일어섰다.

"어…… 어떻게?"

여자가 더듬거리며 물었다.

"흠! 밖에 허수아비들 말인가? 네가 소연이지? 그 옆이 대룡? 넌 범생이고? 목이 긴 네가 물독수리? 그림자란 놈은 망치 문병 갔더군."

수민이 천천히 한 명씩 바라보며 물었다.

"넌 누구냐?"

범생이란 자가 물었다.

"멍청한. 내가 신분을 밝히려면 왜 복면을 쓰겠어. 내 얼굴을 보면 죽여야 하는데 난 너희들을 죽이기 싫거든. 왜냐? 개 값을 물어주기 싫거든."

"이런 쌍년이."

목소리를 듣고 수민이가 여자란 것을 안 소연이 품속에서 비수를 꺼내 들고 달려들었다. 헌데 수민이는 이미 소연이 뒤로 가서 빙긋이 웃고 있었다.

"난 욕을 하는 사람은 반드시 그 입을 때려."

수민이 말이 끝나기 무섭게 손바닥 소리가 요란하게 3번 들렸다.

짝. 짝. 짝.

"으악!"

비명을 지르며 뒤로 물러선 소연이 입에선 피가 줄줄 흘렀다.

"소연이 오른손잡이에 오른발을 잘 쓴다고?"

수민이 말이 끝나기 무섭게 빠르게 움직이며 소연의 오른팔과 오른발을 손이 스치고 지나갔다.

"……!? 큭."

멀뚱멀뚱 서 있던 소연이 뒤늦게 비명을 지르며 주저앉았다.

"오른 팔꿈치 연골과 오른발 무릎 연골만 파괴했으니 이젠 깡패 짓은 못 할 것이야. 살아가는 데 지장 없지만."

수민이가 모두가 들을 수 있게 목소리를 높여 말했다.

"그…… 그럼? 네가 망치도?"

대룡이 수민이를 노려보며 물었다.

"응. 병원에 누워서도 욕을 하기에 손을 봐줬지. 난 욕하는 것을 제일 싫어해. 그러니 너희들도 입조심 해라."

수민이가 말했다.

"그럼 병원에 가서 그랬단 말이야?"

이번엔 물독수리가 물었다.

"물건 찾으러 갔었어. 물건만 찾으러 갔는데 욕을 해서 그만 흐흐……."

수민이가 대답했다.

"물건이라니?"

범생이 물었다.

완벽한 옷, 보물 무체

"너희들 정체를 알려고 도청기와 위치 추적 장치를 망치에게 붙여 보냈거든. 그게 비싸기도 하지만 하나밖에 없는 것이라 흐흐……"

수민이가 생글거리며 웃자 3명 남자들이 화가 난 모양이다.

"이런 미친년이."

범생과 물독수리가 욕을 하며 수민이에게 달려들었다.

짝. 짝. 짝.

범생과 물독수리 얼굴에 손바닥 자국이 선명하게 나며 입으로 피를 토하며 바닥에 나뒹굴었다.

그 순간 대룡은 긴 대롱을 입에 물고 수민이를 향해 독침을 날리고 있었다.

퍽. 하고 둔탁한 소리가 들리며 대룡이 물고 있던 긴 대롱이 입속으로 들어가 박혔다.

"크악!"

대룡은 비명을 질렀다.

"대룡, 너는 입으로 독침을 날려 수많은 사람들을 죽인 것으로 안다. 당분간 뭘 먹기도 힘들지만 조금 참으면 된다. 앞으로 독침을 날리지는 못해도 살아가는 데는 지장이 없을 것이다. 범생과 물독수리 너희들은 팔과 다리를 자유롭게 못 쓰게 연골만 손봐놨어. 욕을 해서 입을 때린다는 것이 힘 조절을 못해 아마 이빨이 한 개씩은 나갔을 것이야. 다 욕을 한 대가니 나를 원망 말고."

수민이가 말했다.

"크크…… 잘난 척하기는 넌 이미 내가 쏜 독침에 맞았어. 그 독은 협죽도 액이니 너도 곧 죽을 것이다."

대룡이 입속에 박힌 긴 대롱을 뽑아내고 피를 토해내며 말했다.

"그래? 세상 사람들은 자기 능력만 믿어. 바보 같은."

수민이가 비웃듯이 한마디 하더니 옆구리 옷에서 독침 바늘을 털어내듯 바닥에 떨어뜨려 버린다.

"어! 어떻게?"

대룡이 믿을 수 없다는 투로 물었다.

"네가 힘이 없었나 봐. 옷깃도 뚫지 못했네. 아! 그리고 부하들보고 쥐 죽은 듯 숨어 지내라고 해. 복수니 뭐니 하다간 부하들 다 너희들처럼 될 테니깐. 어차피 너희들 이용한 자들도 다시 이용할 깡패들 구하겠지만 말이야."

수민이가 말했다.

"크크…….. 독침은 어쩌다 피했겠지만 우리 형님이 곧 너를 찾아갈 것이다."

대룡이 한마디 한다.

"이런 진작 말하지 않았나? 그림자란 녀석 병원에 문병 갔다고. 아마 지금쯤 너희처럼 그렇게 있을 것이야. 모르지 또. 욕이라도 한마디 했다간 오랫동안 밥도 못 먹을지. 성질이 고약한 친구가 갔거든."

수민이가 비웃듯이 말했다.

"헉! 도대체 넌 누구냐?"

이번엔 범생이 물었다.

"이런 머리들이 나쁘니 남들 하수인 노릇이나 하며 이용만 당하지. 너희 주인이 이젠 쓸모가 없다고 하더라. 멍청한."

수민이가 남긴 말은 아직도 지하실에 울리고 있는데 수민이 모습은 이미 온데간데없이 사라져버렸다.

"저거 혹시 그 수민인가 뭔가 하는 여고생 아니야?"

완벽한 옷, 보물 무체

범생이 말했다.

"그렇다 해도 누가 그 말을 믿겠어? 우리가 여고생한테 당했다 하면 개창피만 당하지."

소연이 말했다.

"우리 상대가 아니야. 그리고 이상해 분명 내 독침은 뼈도 뚫고 들어가는데 옆구리 옷깃에 막혔다니 말이야."

"마지막 그 말이 자꾸 마음에 걸려. 우리 주인이 우릴 버렸다는 그 말 말이야. 정말일까?"

물독수리가 말했다.

"이제 와서 그게 다 무슨 소용이 있겠어? 어차피 이젠 우린 아무것도 못 해. 그년 말대로 우리 시대는 끝났어. 괜히 모두에게 알려 창피 당하기 전에 난 조용히 고향으로 갈래."

소연이 말에 다들 고개를 끄덕인다.

좁은 골목길.

"나 아이스크림 먹고 싶어."

지수가 애교를 떨며 수민이에게 어깨동무를 했다. 수민이네 아파트가 가까이 보이는 시장 골목이다.

"알았어! 요기 돌아가면 아이스크림 매점이 있더라. 우리 먹고 사 가지고 가자. 오늘 고마웠어. 잘못하면 네 정체 탄로 나는데 위험을 무릅쓰고 도와줘서."

수민이가 진심으로 하는 말이다.

"걱정하지 마. 요즘 요녀 이야기로 떠들썩하더라. 내 이야기는 쑥

들어갔어."

지수가 걱정하지 말라는 투로 말했다

"그래도 조심해."

수민이가 걱정스러운 표정을 풀지 못하고 말했다.

"걱정 말라니깐. 마녀가 한국에 온다는 것도 일부러 흘린 것인데 뭘."

지수가 말했다.

"야. 아이스크림 가게다."

마치 어린이처럼 들뜬 표정으로 수민이와 지수는 아이스크림 매점
으로 들어갔다.

"녀석은 어찌했어?"

수민이가 아이스크림을 고르면서 지수에게 물었다.

"미안."

잠시 머뭇거리던 지수가 머리를 긁적이며 말했다

"너? 설마?"

수민이가 지수가 상대를 죽였나 하고 놀라서 물었다.

"아니야. 녀석이 입이 워낙 거칠어서 혼내준다는 것이 그만 병원으
로 실려 갔어. 몇 달 고생하면 될 거야."

지수가 눈을 찡긋하며 말했다.

"많이 다쳤어?"

"응. 평생 장애는 있을 듯."

"폭력배 노릇을 했으니 벌은 받아야지. 수고했어. 네 체질이 아닌데
맡겨서 미안하고. 난 딸기 아이스크림이 좋더라."

수민이는 딸기 아이스크림을 골라 손에 들었다.

"큭…… 맞아. 내 체질은 아니지. 난 녹차 아이스크림이 좋아."

지수는 녹차 아이스크림을 골라 손에 들고 카운터로 향했다. 이미 수민이는 아이스크림을 먹으며 현관을 나가고 있었다.

"얼마에요?"

지수가 점원에게 물었다.

"딸기는 2,000원. 녹차는 3,000원. 합 5,000원입니다."

점원이 금액을 이야기하자 지수는 즉시 5,000원짜리 돈을 꺼내 지불하고 수민이를 따라 밖으로 나갔다.

"흐흐…… 잘 먹을게."

수민이가 지수에게 아이스크림을 들어 보이며 말했다.

"아무리 주머니에 돈을 넣고 다니지 않는 걸 습관이 됐다 해도 여긴 한국이야 비상금은 넣고 다녀. 돈도 많으면서……."

지수가 말했다.

"2,000원이 아깝다는 소리로 들린다. 급히 서두르다가 잊고 나왔을 뿐이야. 흐흐…… 다음부터는 내가 살게."

수민이가 장난기 가득한 말투로 농담을 했다.

수민이와 지수가 아이스크림을 먹으며 골목길을 걷고 있을 때 고급 승용차가 길을 막아섰다. 순간 수민이 두 눈이 반짝 빛났다.

승용차에서 40대 남자가 검은 양복을 입고 내려 수민이에게 다가 왔다.

"잠시 동행 좀 해주시겠습니까? 의뢰를 하려고 합니다."

40대 남자는 공손하게 인사까지 하며 말했다.

"아! 그러죠."

수민이는 마치 기다렸다는 듯 대답했다.

"타시죠."

40대 남자가 승용차 뒷좌석 문을 열고 수민이와 지수를 보며 말했다.

"나 혼자 다녀올게. 지수 너는 집에 가."

수민이가 지수에게 말했다. 지수는 대답도 없이 고개만 살짝 끄덕였다.

수민이는 혼자 승용차 뒷좌석으로 올라탔다. 수민이를 태운 승용차는 골목길을 벗어나 큰 도로를 향해 천천히 멀어졌다.

"괜찮을까요?"

지수가 혼잣말처럼 중얼거렸다.

"괜찮아. 기다렸던 손님인데. 저 손님 맞으러 한국까지 온 것이야."

언제 나와 있었는지 모내가 지수 옆으로 다가오며 대답했다.

"그럼 우리도 이제 준비를 해야겠네요?"

지수가 계속 시선은 멀어져가는 승용차를 바라보며 물었다.

"준비를 해야지. 허나 수민이를 믿어라. 나름대로 자기 자신을 지킬 수는 있는 아이니깐."

모내가 말했다.

"알고 있습니다."

지수가 말했다

"가자. 배고프겠다. 얼른 저녁이나 먹자."

모내와 지수는 천천히 걸어 골목으로 사라졌다.

창문 하나도 없는 실내.

회전의자에 뒤룩뒤룩 돼지처럼 살찐 50대 남자가 거만하게 앉아있고. 그 앞에 온통 검은색으로 온몸을 감싼 남자가 앉아 있었다. 복면 속에서 두 눈이 파랗게 빛나는 것을 보면 분명 한국 사람은 아닌 듯 보였으나 두 사람 대화는 한국말이었다.

"세계적인 탐정이라 해도 아직 어린 소녀가 아닙니까? 세상엔 소년 이라고 알려졌지만. 믿어도 되겠습니까?"

먼저 복면 남자가 질문을 했다.

"그래서…… 먼저 골치 아픈 사건부터 의뢰를 할까 합니다. 그 문제 부터 잘 해결하면 본건 의뢰를 할 겁니다."

50대 남자가 어깨를 으쓱하며 말했다.

"역시. 부장님은 그래서 어른께서 믿으시나 봅니다. 빈틈이 없으십 니다."

복면 남자가 고개를 계속 끄덕이며 말했다.

두 사람이 대화를 나누는 저 구석으로 책상이 놓여있고 그 위에 명 패가 하나 놓여 있는데…… 희미한 불빛에 한쪽으로만 보이는 명패엔 이렇게 쓰여 있었다.

중앙정보부.

똑…… 똑……

노크 소리가 들렸다.

"들여보내."

50대 남자가 이미 누군지 알고 있다는 듯 말했다.

두꺼운 철문이 열리고 수민이가 들어왔다.

"어서 와요. 여기 앉으십시오."

복면 남자가 얼른 일어나서 옆 의자를 가리키며 수민이에게 말했다.

"처음 뵙습니다."

수민이는 고개를 약간 숙여 인사를 하고 의자에 앉았다. 그런 수민이를 보며 50대 남자는 속으로 무척 대담한 소녀라 생각했다. 어떤 사람들도 이 자리에 오면 오금이 저려 말도 제대로 못 하는 자리인데 이 소녀는 아직 세상 물정 모른다 해도 두려움도 없다는 것이 무척 신기하기도 했다.

"차 한잔하시겠습니까?"

50대 남자가 수민이를 찬찬히 뜯어보며 물었다.

"아닙니다. 본론부터 말씀하시지요. 어차피 본건은 미뤄두실 것이고. 이번은 시험하실 의뢰가 아닌가요."

수민이가 살짝 미소를 보이며 말했다. 그런 수민이 말에 두 남자들은 오히려 등골이 서늘해짐을 느꼈다. 이미 자신들의 의중까지 다 읽고 있는 소녀가 왠지 무섭다는 생각이 들었다.

"허허…… 이미 들켜버렸으니 그럼 본론을 말하리다."

50대 남자는 쓴웃음을 지으며 본론을 말하기 시작했다.

"지금부터 약 15년 전 우리가 쫓고 있던 괴물박사가 사라졌답니다. 그는 인간의 정자와 난자를 마치 물고기 기르듯 양식을 하며 접종을 통해 가장 우수한 정자와 난자를 개발해서 인간에게 임신을 시켜 완벽한 인간을 만드는 데 성공을 한 박사로서. 그가 15년 전에 만든 정자와 난자로 임신을 시켜 태어난 아기는 마치 완벽한 로봇과 같이 어떤 무기도 그 아기 피부를 뚫지 못하고. 그 아기의 손과 발은 완벽한 무기와 같아 강철도 그 아기 손에 스치면 부숴지는 등 공포 그 자체였답니다. 해서 그 아기는 겨우 우리들이 데리고 왔지만 그 박사는 누군가에게 납치되어 현재까지 행방을 모릅니다. 그 박사는 온통 얼굴에 상처투성이로 한눈에 봐도 알 수 있을 정도로 징그럽게 생겼답니다.

그 박사 행방을 찾아 주십시오."

50대 남자는 말을 마치고 수민이를 빤히 바라본다.

"총 300억이면 되겠습니다. 기간은 1달이면 충분하고요. 어때요? 계약하시겠습니까? 단 있는 곳을 알려만 주는 조건입니다. 데리고 오시는 것은 능력껏."

수민이가 말했다.

"오케이. 계약금으로 100억은 바로 입금해드리겠습니다."

50대 남자가 복면을 쓴 남자와 눈빛을 교환하며 말을 마치고 수민이를 보다가 멍한 표정이 됐다.

"헉! 어느새!"

50대 남자도. 복면을 쓴 남자도 동시에 놀라 소리쳤다. 이미 수민이 모습은 보이지 않고 달랑 쪽지 하나가 마치 가랑잎처럼 팔랑팔랑 날아내려 50대 남자 무릎으로 떨어졌다.

'…… 계약금 100억은 이 계좌로 보내세요…… ubs……'

스위스 은행 계좌번호가 적힌 쪽지였다.

"이런! 어느새 나갔지. 참 빠르기도 하군! 위치 추적기와 도청기 좀 붙여 보내려고 했더니 허허……."

50대 남자가 허탈한 표정으로 웃는다.

"정말이지 무척 빠릅니다. 소문으로 듣던 그대로 위치 추적기와 도청기는 안 붙여 보내신 것이 오히려 잘하신 것 같군요. 괜히 망신만 당할 뻔했습니다. 그 방법은 오히려 우리보다 저 소녀가 더 전문 아닐까요? 세계적인 탐정이라면서요? 해결사고?"

복면을 한 남자가 말했다.

"억! 그…… 그걸 미쳐."

50대 남자는 얼른 일어나 의자며. 탁자 밑이며 샅샅이 찾아보기 시작했다.

"설마 그 소녀가 여기에 도청기를 남겼겠어요? 하하……."

복면 남자가 웃으며 말했다.

"그렇겠지요? 괜한 생각을."

50대 남자가 머리를 긁적이며 찾던 행동을 멈추었다.

그런데…… 저 구석 쪽으로 손가락만 한 바퀴벌레가 천천히 책장 밑으로 기어들어 가고 있었다.

두 남자들은 그 바퀴벌레는 신경 쓰지 않고 자리에 앉아 자신들의 이야기를 나누기 시작했다.

복면을 한 남자가 먼저 입을 열었다.

"하하…… 아무리 그렇다 해도 그 괴물박사는 찾지 못할 겁니다."

"……!? 그게 무슨?"

"하하…… 이미 15년 전에 중국에서 죽은 시체로 발견됐거든요. 중국 정부에서 그 시체를 화장했고 우리들이 그가 살던 집을 수색했지만 아무것도 나오지 않았지요. 시체도 화장해 양자강에 뿌려졌고. 그가 살던 집도 이미 철거돼 새로운 건물이 들어섰으니 저 어린 것이 아무리 뛰어난 해결사라 해도 이번엔 어려울 겁니다."

"허……! 그럼 어째서? 그런 의뢰를?"

"아무튼 계약을 했으니 지키지 못하면 계약금의 10배를 배상하겠다는 저 친구의 철칙이 있으니 우린 이미 900억을 번 것입니다. 다음 의뢰는 공짜로 할 생각이죠. 하하……."

"아하! 그럼 그 사라진 소녀들 의뢰는 공짜로 하하하……."

"자 그럼 이제 나가서 축배나 들까요. 갑시다. 오늘은 내가 쏩니다."

완벽한 옷, 보물 무체

복면인이 벌떡 일어서며 50대 남자에게 밖으로 나가자는 손짓을 했다.

"아! 네! 가시죠."

50대 남자는 복면인 보다 앞장서서 밖으로 나가며 말했다. 복면인은 뒤따라 나가며 문을 단단히 잠그고 있었다.

텅 빈 지하 사무실 작은 물체가 하나 움직이기 시작했다.

바퀴벌레였다.

바퀴벌레는 무척 빠른 속도로 벽을 타고 올라가 공기통사이로 사라졌다.

서울 남산을 올라가는 숲길 돌계단 위에 가만히 앉아있는 수민이 입가에 미소가 번지고 있었다.

부스럭부스럭.

작은 소리가 들리며 숲속에서 손가락 크기의 바퀴벌레가 기어와 수민이 앞에 멈추었다.

수민이는 얼른 바퀴벌레를 손으로 잡아 주머니 속에 넣었다.

"역시 한국의 정보 능력은 한참 떨어져. 그렇게 단정하고 있을 줄 몰랐네. 멍청한. 15년 전 중국에서 죽은 시체를 태우고 한국에서 추적하고 있던 그 박사님이 죽은 것으로 위장해 빼돌린 사실을 아직도 모르고 그대로 믿고 있다니 어찌 그걸 믿을 수 있지. 바보 멍청이."

수민이가 혼잣말로 중얼거리며 숲속 돌계단을 내려가기 시작했다.

"중국만 모르고 있는 줄 알았는데. 그걸 다 일본에서 꾸민 사실을…… 일본으로 빼돌린 박사님은 무려 비밀 감옥에서 10년간 고문하고 회유해서 4년 전부터 인간병기를 만들려고 하는 것도 모르고 말이야. 벌써 40명의 아기들이 인간병기로 만들어 키워지고 있다는 정보도 있는데. 쯧쯧…… 사람들은 참 단순해요. 너무 잘 속아. 문제는 그 비밀 장소가 어디인가 하는 건데…… 헌데 소녀들은 또 어디로 사라진 것일까?"

수민이는 혼자 중얼거리며 남산을 내려가는 숲속 길에서 차츰 사라졌다.

아차산 남쪽 숲.

강철과 강희는 그곳에 있었다.

벌써 3시간째다.

"오빠! 이제 2단계는 마쳤으니 3단계로 가자!"

강희가 기쁜 표정으로 말했다.

"그래! 오늘은 3단계까지 마쳐야 집에 간다!"

강철이 무표정한 얼굴로 말했다.

"2단계는 어제부터 6시간 걸렸으니 3단계는 더 걸릴 것 아냐?"

강희가 배고프다는 표정을 지었다.

강철이 주머니에서 알약 하나를 꺼내 강희에게 주었다.

강희는 말없이 그 알약을 받아먹었다.

"3단계는 어두워야 끝날 것이다! 어둠에 익숙해야 하기 때문이다! 지금부터 연습하고 마지막엔 어두울 때 마무리한다!"

강철이 무표정하게 말했다.

"그럼 시작하자!"

강철이 말했다.

"정말 신기해!"

강희가 말했다.

"뭐가?"

강철이 물었다.

"양말 말이야! 어떻게 양말을 신으면 사람이 날아다닐 수 있지? 오빠 설명을 듣고서도 이해가 안 가!"

강희는 정말 이해할 수 없었다.

양말을 신고 마음을 움직이면 그 마음을 양말이 느끼고 움직인다는 것이다.

"과학의 힘이야! 신발에다 그 장치를 달았었는데 방에 들어갈 땐 벗어야 하고 또 잊어버리기 쉬워서 고심 끝에 만든 거야! 양말에다가! 그래서 양말을 신고 하늘을 날고. 그러면 여기 지구에 모르는 사람들은 사람이 하늘을 난다, 선녀다 그렇게 말하는 것이야!"

강철이 빙그레 웃으며 말했다.

"3단계까진 네 마음으로 움직이지만 4단계부터는 너와 장치와 일심동체가 돼야 되니깐 스스로 배워 나가야 한다! 다들 그렇게 배워! 자! 그럼 얼른 시작하자!"

강철이 서둘렀다.

강희는 얼른 마음을 가다듬고 두 손을 가슴에 포개고 서서 눈을 감았다.

"가고자 하면 갈 것이며. 서고자 하면 설 것이다. 몸을 작게. 또는 크게. 느린 듯…… 빠르게……"

강철이 계속 뭐라고 중얼거렸다.

둥실.

강희 몸이 둥실 공중으로 떠올랐다.

그리고

너울너울 움직이기 시작했다.

마치 한 마리 나비인가.

팔랑팔랑.

움직임이 나비 같았다.

마치 언젠가 서울시장 집 정원에서 선녀가 노닐듯.

바로 그런 모습이었다.

조금은 서투른 듯.

간혹 움직임이 딱딱하게 느껴졌다.

"부드럽게. 넌 나비다. 나비가 날듯. 가볍게."

강철이 계속 말을 했다.

"서쪽으로 조금 이동한다! 동쪽에서 사람이 오고 있다!"

강철이 말했다.

강철과 강희는 서쪽으로 약 200여 미터 이동했다.

"산 아래쪽으로 조금 이동한다! 산 위에서 사람이 내려온다!"

강희와 강철은 그렇게 조금씩 이동을 하면서 수련을 계속했다.

영미의 장난감이 됐던 남자는 지친 듯 도로 위를 걸어가고 있었다.

한강 다리를 건너 미사리 쪽이다.

간혹 뒤를 돌아다보며 걷던 남자는 한강 변 횟집들이 늘어선 곳에 멈추더니 갑자기 빠른 속도로 움직였다.

휘잉.

바람이 스치듯 그렇게 남자의 모습은 사라졌다.

"큭……!"

남자가 사라진 약 200여 미터 가로수 위.

영미가 웃고 있었다.

"술수를 부리겠다! 킥킥……!"

영미는 움직이지 않고 가로수에 몸을 숨긴 채 가만히 있었다.

10여 분.

시간이 흐른 뒤 영미 눈이 반짝, 이채를 띠었다.

"다시 움직이는군! 꽤 영리한데! 미행한 사람이 움직이기를 기다리는 것도 그렇고. 이젠 미행한 사람이 없다고 믿겠지! 바보! 영미님을 어떻게 보고 키득키득……!"

영미가 어느 한 곳을 바라보며 웃었다.

영미의 시선이 간 곳.

도로변 하수도다.

바람도 없는데 풀이 살랑살랑 움직이고 있었다.

그 풀이 움직임은 계속 한강 상류 쪽으로 향했다.

"이제 다 왔다는 증거다!"

영미가 가로수에 몸을 숨긴 채 가만히 바라보고 있었다.

"저기다!"

영미가 반짝, 이채를 띠며 바라보고 있었다.

움직이던 숲이 멈추며 살랑. 풀잎 하나가 바람에 날려 어느 횟집으로 들어가 버렸다.

"이제 이야기나 들어볼까!"

영미는 중얼거리며 품에서 볼펜처럼 생긴 물건을 꺼내 가운데 달린 검은 단추를 누르고 귀에 갖다 대었다.

"영미가 만든 신무기. 킥킥……! 천리까지 원하는 소리만 듣는다! 킥킥……!"

영미는 뭐가 그리 즐거운지 다시 생글생글 웃기 시작했다.

"흠……! 역시 3놈이군! 3급 그 멍청이 자객 하나와 1급이 두 명이라. 꽤 재미있어지는데. 지금 쓸어버리기엔 너무 아까워. 킥킥……! 조금 더 가지고 놀다가 없애버려야지!"

영미는 생글생글 웃다가 순식간에 사라졌다.

선녀 이야기

"야! 멍청아!"

선녀는 오늘따라 짜증을 계속 내고 있었다.

준석이 선녀의 화풀이 상대가 되었다.

준석은 선녀가 시키는 대로 오라면 오고 가라면 가고 물 떠 오라면 떠다가 주고.

군소리 한번 없이 선녀의 화풀이 상대가 되어 주고 있었다.

완벽한 옷, 보물 무체

"정신 줄을 놓았네! 정신 줄을 놓았어!"

정원 한쪽 연못가에 야외용 의자에 앉아 준석을 바라보며 못마땅한 표정을 짓는 소녀가 있었다.

준석이 애인 오수경이다.

"어디서 저런 여시가 나타나서 준석 오빠를 홀리고 있는 거야! 저걸 어떻게 손봐준다……!"

오수경은 이빨을 뿌드득 갈고 있었다.

"너! 못난이! 이리 와!"

선녀가 오수경을 향해 왼손 둘째손가락을 까딱까딱하고 있었다.

오른손엔 준석이 귀를 잡고 있었다.

"저걸 그냥! 콱!"

오수경은 목구멍까지 올라오는 욕을 겨우 참으며 쪼르르 달려갔다.

오수경을 무섭게 노려보는 눈동자가 무려 4개나 있었기 때문이다.

날다람쥐와 청설모.

벌써 오수경의 머리엔 수없이 혹이 생겼다.

날다람쥐와 청설모가 던진 작은 자갈들에 머리를 수없이 맞았기 때문이다.

"너! 못난이와 이 멍청이가 애인 사이라고?"

선녀가 오수경에게 이렇게 묻는 것이 벌써 3번째다.

"그렇다니깐! 악!"

오수경이 짜증스럽게 대답하다가 머리를 감싸고 비명을 질렀다.

청설모가 작은 돌멩이를 던진 것이다.

크기가 겨우 콩알 만해도 무척 아팠다.

"그렇다니까요!"

오수경은 다시 공손하게 대답했다.

"애인이면 아기가 있을 것 아냐?"

선녀가 같은 질문을 벌써 3번째 반복하고 있었다.

"아니 그런 사이가 아니라고요! 우린 그냥 애인 사이라니까요!"

오수경이 답답하다는 듯 가슴을 왼손 주먹으로 쾅쾅 쳤다.

오른손은 선녀 왼손에 꼼짝 못 하게 잡혀 있었기 때문이다.

"멍청아! 애인이면 아기가 있어야 하는 것 맞지?"

선녀가 준석을 바라보며 물었다.

"네! 네! 맞습니다!"

준석은 헤벌쭉 웃으며 선녀 비위를 맞추기에 여념 없었다.

"그럼! 당장 만들어 봐! 여기서!"

선녀가 준석이 귀를 잡은 손을 당겨 오수경 얼굴로 가까이 붙였다.

"그건 결혼을 해서 방에서……."

준석이 되는 데로 둘러댔다.

"내가 봐야 한다니깐! 어떻게 아기를 만드나 봐야 한다고. 얼른 해 봐 멍청아!"

선녀가 짜증스럽게 준석의 귀를 잡아당겼다.

준석이 아픔을 참느라고 얼굴이 일그러졌지만 아프다는 소리 한번 안 했다.

"언니! 아기는 나중에 만들게요! 오늘은 좀 봐주세요!"

오수경이 갑자기 선녀 비위를 맞추기 시작했다.

어찌 보면 현명한 선택이었다.

막무가내로 억지를 부리는 선녀를 달래려면 저자세로 아부를 하는 것이 상책이란 것을 알았기 때문이다.

완벽한 옷, 보물 무체

"언니? 요게 이제야 정신을 차렸네! 그럼 둘이 뽀뽀해봐! 그럼 봐 줄게!"

선녀는 준석과 오수경을 잡고 있던 손을 놨다.

"얼른!"

선녀가 재촉을 했다.

마치 재미난 구경이라도 보려는 듯 호기심 어린 표정을 지었다.

"하면 될 거 아니에요!"

오수경이 얼른 준석에게 달려들어 입술에 키스를 했다.

"됐죠?"

오수경은 이젠 자신들을 괴롭히는 것이 끝이냐고 묻고 있었다.

"기분이 어때?"

선녀가 오수경에게 물었다.

"좋아요!"

오수경이 얼른 대답했다.

"좋아?"

이번엔 선녀가 준석에게 물었다.

"네! 네!"

준석이 대답했다.

"좋다……!"

선녀가 뭔가 골똘히 생각을 하기 시작했다.

"좋단 말이지?"

선녀가 오수경과 준석을 번갈아 바라보며 물었다.

"네!"

"그래요!"

준석과 오수경이 기다림 없이 바로 대답했다.

"너! 멍청이 이리 와 봐!"

선녀가 준석을 가까이 오라고 턱으로 끄떡거린다.

준석이 선녀 옆으로 다가왔다.

"얼굴을 이리!"

선녀가 오른손 손가락을 까딱거렸다.

"나도 한번 해보자!"

선녀가 준석이 얼굴을 잡아당기며 키스를 했다.

"뭐 하는 짓이에요?"

오수경이 당황해서 소리쳤다.

"좋다며? 왜 거짓말 했어?"

선녀가 오수경과 준석을 번갈아 보며 발끈 화를 냈다.

"거짓말 아닌데…… 악! 씨이…… 아파요!"

오수경이 다시 머리를 감싸며 비명을 질렀다.

다람쥐가 콩알만 한 돌멩이를 던진 것이다.

"하나도 안 좋다! 뭐! 좋긴 뭐가 좋아?"

선녀가 갑자기 일어서서 중얼거리며 방으로 들어가 버렸다.

오수경과 준석은 서로 얼굴을 바라보며 이해를 못 하겠다는 표정이다.

인터넷과 케이블 방송을 비롯해서 공중파 일부 방송까지

한발 늦게 특종을 찾아왔던 기자들은 영미 덕에 뜻밖에 수확을 얻어 오전부터 하루 종일 연속 재방송을 하고 있었다.

특히 저속으로 돌린 필름엔 영미의 둥근 팔찌 같은 하얀색 무기가 선명하게 잡혀서 '신들의 전쟁이 시작됐다'라고 하는 기자도 있고.

고통스러워서 비명을 단 한 번 지른 밀짚모자를 쓴 남자의 목소리가 신의 목소리神音라고 하는 기자들도 많았다.

신의 목소리.

하루 종일 신의 목소리로 뜨겁게 들떠있던 대한민국에도 밤은 찾아왔다.

커다란 호박 등이 둥글게 원을 그리며 밝은 빛을 비추고 있는 곳.

선녀가 준석이를 데리고 정원을 거닐고 있었다.

"멍청이! 너! 하늘을 날고 싶어?"

선녀가 준석이 귀에다 입을 바싹대고 조그만 소리로 물었다.

"당근이죠!"

준석은 얼른 대답했다.

"내가 너를 하늘에 날게 해주면! 넌 누구에게도 말 안 하고 비밀을 지킬 수 있어?"

선녀가 다시 조그만 소리로 물었다.

"비밀이라면? 무슨 비밀이죠?"

준석이 의문스럽다는 표정을 지었다.

"아무튼! 어떻게 하늘을 날 수 있다. 뭐 이런 거. 비밀을 지킬 수 있냐고?"

선녀가 다시 물었다.

"네! 그럼요! 하늘을 날 수만 있다면 무엇이든 다 지킬게요!"

준석은 정말 하늘을 날고 싶었다.

"약속을 해야 해! 만약 입을 놀렸다간 그땐 죽게 될 거야! 절대 비밀을 지켜야 해!"

선녀가 약간 굳은 표정으로 말했다.

"네! 맹세할게요!"

준석은 망설임 없이 말했다.

"또 하나! 하늘을 날게 되면 내 부탁을 한 가지 반드시 들어줘야 한다!"

선녀가 다시 준석에게 약속할 것을 요구하고 있었다.

"걱정 마세요! 한 가지가 아니라 열 가지라도 들어드릴게요!"

준석은 뒷일은 생각도 안 했다.

우선 하늘을 날고 싶었고.

선녀가 나쁜 일을 시킬 것이라고는 생각도 안 했다.

"좋아! 그럼 따라와! 당장 시작하자!"

선녀는 준석을 옆구리에 끼고 높은 담장을 가볍게 날아 넘어갔다.

"헤헤!"

준석은 선녀가 자신을 들고 담장과 건물들을 날아 넘어가자 신났다.

특히 선녀의 냄새가 너무 좋았다.

준석을 옆구리에 낀 선녀는 어두운 서울 주택 옥상 위를 날아 무악산으로 향했다.

인적이 없는 무악산.

하늘에 반달이라도 없었다면 사람 모양도 분간하기 어려울 것 같았다.

"이걸 신어라! 네 양말 겉에다 신어! 그리고 절대 벗지 마! 네 양말 갈아 신을 때만 벗었다가 신고 그래!"

선녀는 왼손으로 품속에서 투명한 양말을 두 짝 꺼내서 준석이 앞에 내밀었다.

"이게 뭐예요?"

준석이 물었다.

"이걸 신어야 하늘을 날 수 있다. 이게 하늘을 날 수 있는 장치야!"

선녀가 간단하게 설명했다.

"이게……! 하늘을 날 수 있는 장치……! 알았어요!"

준석은 무슨 뜻인지 이해는 할 수 없어도 선녀가 시키는 일이니 그냥 대답했다.

"지구보다 400년은 앞선 문명이 만들어낸 인간을 위한 비행물체야!"

선녀가 양말을 신고 있는 준석을 보며 설명했다.

"이걸 신고 네가 마음으로 어디로 날고 싶다 하면 네 마음을 인식하고 날아가는 장치야! 넌 중심을 잘 잡아야 하는 것이 지금부터 배울 일이다!"

선녀가 설명을 계속했다.

"오늘 밤은 1단계만 배울 것인데 네가 얼마나 똑똑한지 봐야지! 멍청하면 밤새야 해. 풋……!"

선녀가 설명을 하다 말고 준석이 양말을 다 신고 일어서다가 중심을 못 잡고 기우뚱하자 웃었다.

"서서. 마음을 가다듬고. 우측으로 조금, 좌측으로 조금씩 움직여봐!"

선녀가 준석에게 수련을 시키기 시작했다.

"킥…… 저건! 구닥다리인데! 100년 전에나 쓰던 골동품을 갖고 수련이라! 킥킥……! 알겠다! 저 여우가 누군가 지켜보길 잘했군!"

영미.

선녀가 준석에게 수련을 시키고 있는 장소에서 200여 미터 떨어진 소나무 위에 영미가 앉아 있었다.

"TV에서 휴게소에서 날아다닌 선녀니, 뭐니 해서 지켜봤더니 역시나 예상이 맞았어!"

영미가 생글생글 웃으며 중얼거렸다.

"킥킥……! 武神은 아무나 하나……! 킥킥…… 나처럼 똑똑해야 하는 거야……! 킥킥……!"

영미가 자화자찬을 하며 또 생글생글 웃었다.

"저 멍청이를 가르쳐서 뭐에 쓰려고? 이…… 똑똑한 영미님께서도 모르겠단 말이야! 혹시 오빠가 가르치는 여시를 잡으려고? 아냐, 그럼 뭐지? 자기 애인 만들려고? 그것도 아니지. 킥킥…… 그것참! 궁금해지는데! 지켜보면 알겠지. 아무튼 100년 전에 사라진 소연 할머니와 연관이 있는 건 틀림없어! 오늘은 여기까지만 알아두고 난 가서 자야지. 킥킥…… 수확이 그 정도면 됐지…… 뭘 더 킥킥…… 밤새 고생 좀 하겠네. 멍청이 가르치려면. 지가 선녀라고! 그럼 난? 킥킥 나야 武神. 신이잖아 킥킥!"

영미는 준석이를 가르치는 선녀를 조금 더 바라보고 생글생글 웃다가 홀연 사라졌다.

2033년 지구 이야기

학교 뒷골목은 언제나 지저분하다.

길가에 나뒹구는 우유병에 과자봉지에 담배꽁초까지. 바람에 날리는 먼지와 함께 역한 냄새가 진동한다.

퍽. 퍽. 퍽.

어디서 샌드백 치는 소리가 들리며 간혹 신음소리도 들린다.

수민이는 야구팀이 운동장에서 연습을 하는 것을 지켜보다가 자신도 모르게 학교 후문으로 나와 걷는다는 것이 학교 뒷골목으로 들어서게 됐다. 수민이는 걸어가며 인상을 찌푸렸다. 쓰레기도 문제지만 역한 냄새가 더 싫었다.

여기저기 하나둘 모여서 담배를 피우는 학생들도 보였다.

"아휴…… 담배 냄새에 오줌 냄새까지 무슨 썩은 냄새도 나고. 뒷골목은 정말 싫어."

투덜거리며 걷던 수민이 두 눈이 갑자기 반짝이며 걸음을 멈췄다.

한적한 골목길 한쪽에 남학생들이 5명 모여 있는데 어떤 학생 하나를 샌드백 치듯 마구 때리고 있었다.

"저런 것들이 학교 폭력이란 것이지. 못된 것들."

수민이가 혼잣말로 중얼거리며 그곳으로 걸어갔다.

"멈춰! 비겁한 녀석들 여럿이서 하나를 괴롭히다니."

수민이 목소리는 작았지만 5명의 학생들이 듣기엔 충분한 소리였다.

"햐……! 저거 전학생 수민인가 뭔가 하는 계집애 아냐. 저게 뭐라는 거야."

남학생 하나가 수민이를 알아보고 의아해한다.

"선생님들한테 이르기 전에 그냥들 가라."

수민이가 싸우기 싫어 그냥 쫓아 버리려고 선생님들 이야기를 하며 다가갔다.

"하! 귀엽게 생겼다. 너네 학교 전학생이라고? 햐…… 고거 참"

다른 학교 교복을 입은 남학생이 수민이 아래위를 훑어보며 침을 꼴깍 삼켰다.

"이런! 입 냄새도 더럽게 풍기는 변태 같은 새끼가 누굴 훑어보며 침을 삼키고 있어. 이런 놈은 혼이 나야 해."

수민이가 정말 화가 난 모양이다. 욕까지 하며 수민이를 훑어보던 남학생에게 천천히 다가갔다.

"이런 쌍년이 귀엽다 했더니 누굴 보고 새끼래."

남학생이 먼저 주먹을 쥐고 수민이 배를 향해 힘껏 찔러왔다.

그러나 이미 수민이 모습은 그곳에서 사라진 후였다.

"어……!"

남학생은 자신의 주먹이 허공을 찌르자 당황해하며 수민이를 찾았다.

"이런 허접한 녀석이니까 5명이 하나를 괴롭히지."

수민이 말이 남학생 뒤에서 들려왔다. 남학생은 재빠르게 주먹을 자신의 뒤로 휘둘렀다. 허나 이번에도 수민이 모습은 보이지 않았다. 대신 남학생 자신의 얼굴에 강한 타격이 이어지고 자신도 모르게 비명이 터지고 있다는 것을 느끼며 땅바닥에 보기 흉하게 벌렁 나가 자빠졌다.

"으악……! 이…… 이……."

남학생은 자신의 입에서 피가 줄줄 흐른다는 것을 알고 악을 쓰고 일어났다.

"야! 이건 뭐냐?"

남학생은 함께 있던 학생들에게 수민이 정체가 뭐냐고 물어보려다가 어이없다는 표정을 지었다. 이미 4명의 남학생들은 저만큼 달아나고 있었기 때문이다.

"뭐야! 이년이 그렇게 무서워? 야! 이것들이."

남학생은 달아나는 4명의 남학생들과 수민이를 번갈아 보더니 슬금슬금 뒷걸음치며 달아났다.

"크크…… 내가 그렇게 무섭나."

혼자 중얼거리던 수민이 두 눈이 반짝, 이채를 발했다.

"저런 못된 놈들 또 이 아이를 괴롭히네."

수민이 뒤에서 고릴라 선생 목소리가 들렸다. 학생들이 도망친 것은 고릴라 선생이 오는 것을 보고 도망친 것이다. 그 사실을 안 수민이가 입가에 미소를 지었다.

"선생님, 안녕하세요!?"

수민이가 얼른 공손히 인사를 했다.

"어. 그래. 수민이가 정의감이 많구나. 그렇지만 저놈들은 불량배나 다름없어. 잘못하면 다친다. 앞으로는 혼자 나서지 말고 선생님들께 알리도록."

고릴라 선생은 늘 수민이에겐 자상한 말투를 보였다.

"그런데 이 아이는 누구죠? 우리 학교 학생도 아닌데."

수민이가 얻어맞던 남자아이를 보며 고릴라 선생에게 물었다.

"이 아이는 근처에 사는데 지난해 교통사고로 부모님을 모두 잃고 이 아이 혼자 살아남았는데 교통사고 후유증으로 기억을 잃었구나. 이름이 아마 이영이라 했던가."

"그런 불쌍한 아이를 왜들 괴롭히죠?"

"이 아이에게 돈을 빼앗아 쓰느라고 그런 거란다. 부모님들 보험과 보상금 등. 돈이 많다고 알려져서 괴롭히고 갈취한단다."

"그럼 저 남학생들이 강도잖아요. 그냥 놔두면 안 되죠."

"강도는…… 뭐…… 그냥."

"폭행하고 뺏는데 그게 강도죠. 강도는 강력범죄예요."

"미성년자들인데. 강도란 단어는 좀……."

"선생님들도, 어른들도 다들 미성년자라고 봐주니까 죄의식도 없이 점점 더 나쁜 애들이 돼가고 있는 것이라고요."

수민이가 고릴라 선생에게 말을 하며 얻어맞던 남학생에게 다가갔다.

"많이 아프지? 누나가 치료해줄게. 앉아봐."

수민이가 얻어맞던 남학생에게 다정하게 이야기를 하자 남학생은 눈물을 흘리며 수민이를 바라보더니 바닥에 털썩 주저앉아 울기 시작했다.

"누나. 왜 이제 왔어? 얼마나 보고 싶었는데…… 훌쩍…… 난 많이 아프단 말이야. 여기도 아프고. 여기도 아프고."

남학생은 팔과 다리를 얻어 보이며 눈물을 흘렸다. 팔과 다리엔 온통 멍과 상처가 수두룩했다. 수민이는 남학생이 누나라고 부르며 보고 싶었다고 말을 하자 고릴라 선생을 바라보며 이 남학생의 상태를 눈으로 물어봤다.

"모든 기억을 잃어서 네가 누나라고 하니까 널 친누나로 생각하는 거란다."

고릴라 선생이 입가에 미소를 띠며 대답을 하고는 오던 길로 되돌아 천천히 가버렸다.

"미안 누나가 좀 늦었지? 우선 치료부터 해야겠는데…… 누나와 같이 가자."

수민이가 말을 하자 냉큼 수민이를 졸졸 따라왔다.

"이름이 이영이라고?"

수민이가 남학생에게 물었다.

"웅, 내 이름 이영. 이영. 이영."

"누나 이름은 수민이야. 안수민."

"그럼 내 이름은 안이영. 헤헤……."

수민이는 졸졸 따라오는 이영을 데리고 근처 약국으로 갔다. 이영을 데리고 약국으로 들어간 수민이는 상처에 바르는 약과 진통제를 사서 이영을 치료해주려다가 깜짝 놀랐다. 이영의 팔과 다리에 있던 상처와 멍이 그새 다 사라지고 없던 것이다.

"헤헤…… 누나가 와서 난 안 아프다. 다 낳았어. 헤헤……."

백지같이 웃는 이영을 바라보는 수민이 표정은 묘하다.

"너 항상 이렇게 상처가 빨리 아물어?"

수민이가 이영의 팔과 다리를 살피며 물었다.

"웅. 누나를 닮았다며. 헤헤……."

이영이 초롱초롱한 두 눈으로 수민이를 바라본다.

"누나를 닮았다고…… 그럼 이 아이 누나가 있었다는 것인데. 그것도 같은 체질을 갖고. 흠……! 이제 대충 감이 잡히네. 이 아이 누나를 데려가기 위해 교통사고를 핑계로 가족을 다 없애고 데려간 것이구나. 사라진 소녀들과 같은 사건이야. 이제 알겠어."

수민이는 이영의 그 한마디에 사태를 파악하고 고개를 끄덕였다.

"집에 가자."

수민이가 이영의 손을 잡으며 말했다. 아무리 기억은 잃었어도 누나의 기억도 남아 있으니 자기 집 정도는 찾아가겠지. 하는 생각에서였다.

수민이 생각은 옳았다. 이영은 수민이 손을 이끌며 골목길 한쪽에 있는 평범한 이층집으로 들어갔다.

"휴우…… 이게 집이냐 돼지우리지."

수민이는 집안을 대충 살펴보며 인상을 찌푸렸다. 집안은 온통 쓰레기와 오물로 더럽혀져 있었다.

"역시 다른 사건들이랑 같아. 단서가 될 만한 그 어떤 것도 남기지 않았어. 또한 이미 다른 기관에서도 눈치 채고 모든 것을 가져갔어. 어린애 혼자 사는데 정리라도 해주고 가던가. 다 그놈들이 어질러 놓은 상태 그대로야. 못된 것들. 그들 중엔 어제 나에게 사기를 치려고 의뢰를 한 정보원들도 끼어 있겠지. 이미 다 알고 있다는 것인가……! 어! 저건!"

이영이 화장실에 들어간 사이 수민이가 혼자 집 안 구석구석 살피며 돌아다니다가 무엇인가 발견하고 두 눈에 이채를 띠며 다가갔다.

2층 방 천장 구석에 평범하게 붙어있는 벽지. 마치 찢어진 벽지를 봉합하려고 대충 붙여놓은 손바닥 크기의 벽지…….

아무리 봐도 이상한 것은 전혀 없는데. 수민이가 그 벽지를 손가락으로 떼어냈다.

벽지 한 가운데 아주 작은 구멍이 하나 있었다. 그리고 그 벽지 뒤에 조그만 물체가 있었다. 그냥 밴드 같은 물체.

"크크…… 역시 누군가 이영을 감시하고 있었어. 이런 허접한 몰래 카메라는 완전 구세기 것인데. 쯧쯧…… 이거 하나만 있을 리 없지."

완벽한 옷, 보물 무체

수민이는 그렇게 생각하며 다시 벽지를 있던 그대로 붙여 놨다.

"정보원들일까. 아니면 제3의 인물들."

수민이는 잠시 생각을 했다.

"그게 좋겠어. 이영이를 데리고 가야겠어. 일단 나를 촬영한 몰래카메라들의 메모리는 지워야겠지. 다행히 원격으로 볼 수 있는 몰래카메라들은 아니니깐 포맷만 하면 되겠지."

수민이가 핸드폰을 꺼내 만지기 시작했다.

"허……! 이 집 안에 몰래카메라가 뭐 이렇게 많지. 무려 16개나 되네. 포맷보다 우선 메모리에 저장된 촬영 내용들을 살펴봐야지. 크크……."

수민이 표정에 장난기가 가득했다. 뭔가 재미있는 장난을 하듯 입가에 연신 미소가 어렸다.

"에이 괜히 봤네. 저 녀석 어디서 옷을 다 벗고 돌아다녀. 창피한 줄도 모르고. 쯧쯧…… 그냥 포맷하자. 오늘 것만…… 어! 이것은! 허……!"

수민이가 뭘 봤는지 잠깐 놀란 표정을 짓더니 이내 아무 일 없다는 듯 모든 몰래카메라의 오늘 수민이가 여기 온 순간들을 원격으로 다 지우며 집 밖으로 나가버렸다.

"내 모습만 지우면 되지. 크크…… 그런 거였어. 이제 저 녀석을 데리고 다녀야겠군. 애물단지 하나가 생겼어. 쯧쯧……."

수민이가 혼자 중얼거리고 있는데 이영이 집 밖으로 나왔다.

"누나 어디 가려고?"

이영이 눈치는 빠른 녀석이다.

"그래. 누나가 사는 집으로 가야겠어. 너도 같이 가자."

수민이가 그렇게 말하며 이영의 뜻을 눈으로 물었다.

"와! 정말? 누나가 사는 집이 있었구나. 하긴 여긴 너무 지저분하지?"

이영이 좋아서 어쩔 줄 모르는 표정으로 팔딱팔딱 뛰며 말했다.

"들어가서 네가 필요하고 중요한 것들을 챙겨 가지고 나와. 얼른."

수민이가 말했다.

"알았어! 금방 나올게. 헤헤……."

이영이 헤픈 웃음을 남기며 쪼르르 집으로 들어갔다.

장국영은 어스름한 저녁 시간에 어슬렁거리며 길거리를 걸어 다니다가 멀리서 어린 남학생과 같이 오는 수민이를 발견하고 반가워하며 다가갔다.

"어이 친구! 여기서 만나는군. 이 아이는 누군가?"

장국영이 이영을 손으로 가리키며 수민이에게 물었다.

"난 동생. 우리 누나하고 친구예요? 난 이영이라고 해요."

이영이 먼저 대답을 했다.

"오! 친구한테 이런 동생이 있었어?"

장국영이 이영을 살펴보며 수민이에게 물었다.

"응! 내 동생이야. 그나저나 친구 잘 만났네. 할 이야기가 있었는데."

수민이가 말했다.

"할 이야기라니?"

장국영이 호기심 가득한 표정으로 물었다. 수민이가 먼저 할 이야기가 있다고 하는 것은 처음이기 때문이다.

"내일부터 봄방학이야. 전국 일주나 하려고 하는데 같이 가 줄 거지?"

수민이가 당연히 그래야 한다는 표정으로 말했다.

"허! 물주가 필요한 모양이군! 기꺼이 물주가 돼주지. 하하⋯⋯."

장국영이 호탕하게 웃으며 대답했다.

"크크⋯⋯ 역시 눈치 하난 빠른 친구라니깐. 그럼 내일 아침 9시에 서울역에 있는 시계탑에서 보자고."

수민이가 손을 흔들어 인사를 하고 이영을 데리고 걸어가기 시작했다.

"하하⋯⋯ 알았다고. 알았어. 준비 철저히 하고 내일 9시까지 서울역으로 가지. 암, 가고말고. 하하⋯⋯."

장국영이 뭐가 그리 좋은지 크게 웃으며 자신의 집을 향해 달려가고 있었다. 얼른 가서 준비를 하려는 것이다.

주인공 이야기

강철과 강희는 쇼핑을 즐기고 있었다.

동대문 시장이다.

강철은 강희 옷을 사주려고 데리고 나왔다.

"오빠! 나! 저것 사줘! 저 옷이 예쁘다!"

강희는 왼팔로 강철이 오른팔에 팔짱을 끼고 다니며 마냥 들떠서 떠들고 즐거워하고 있었다.

초저녁이라서 시장은 너무도 사람이 많았다.

"팔을 꼭 붙들고 다녀! 잘못하면 잃어버린다!"

강철이 강희에게 벌써 몇 번을 같은 말을 되풀이했다.

강철이 강희와 시장을 돌아다니고 있을 때.

강철과 10여 미터 거리를 두고 30대 남자 둘이서 계속 따라다니고 있었다.

두 남자들은 옷을 고르는 척하면서 눈은 항상 강희와 강철에게서 떠나지 않았다.

미행을 하는 것 같았다.

강철과 강희가 시장을 돌아다니는 그 앞.

20대 두 남자가 있었다.

그들은 시장에 나온 사람들 주머니를 열심히 털고 있었다.

소매치기들이다.

둘은 마치 사람들 주머니가 제 것처럼 간단하게 털고 지나갔다.

빠르고 정확한 솜씨다.

"오빠! 저것 오빠가 입으면 멋있겠다! 하나 사!"

강희가 흰색 점퍼를 오른손으로 가리키며 말했다.

"그래! 하나 사지 뭐!"

강철은 별로 맘에 들지 않는 표정이다.

강희가 멋있다고 하니까 그냥 하나 사려는 것이다

"천국성에 굴러다니는 돌을 한 자루 가져왔더니 지구에선 부자군! 갈 때까지 맘대로 써도 남겠다!"

강철이 중얼거렸다

강철이 주머니를 만져보면서 흐뭇하게 미소를 지었다.

"이 옷 얼마입니까?"

완벽한 옷, 보물 무체

강철이 상인에게 옷값을 물었다

"7만 3천 원입니다!"

상인이 정중하게 대답했다.

"싸군요!"

강철이 주머니에서 돈을 꺼내 상인에게 주려다가 멈칫했다.

"왜? 그러십니까?"

상인은 강철이 옷을 사려다가 맘이 변했다고 생각했다.

그러나 강철의 시선은 뒤쪽으로 향했다.

아주 잠깐.

경직된 표정을 지었으나 본래 모습으로 돌아왔다.

"아! 아닙니다!"

강철은 돈을 주고 상인이 포장해서 주는 옷을 받았다.

"저건! 나를 호위하기 위해 내려온 비밀단. 그런데 호의적이지 않다!
적의에 가득 차 있다!"

강철의 생각이다

강철이 자신을 미행하고 있던 30대 두 남자를 발견한 것이다.

"이제 알겠군! 100년 전 소연님이 실종된 이유를. 저들이 욕심을 낸
것이야! 믿는 도끼에 발등 찍힌 꼴이지! 흐흐……."

강철이 생각이다.

강철은 입가에 비웃음이 흘렀다.

"이제 정리가 되는군! 선조님의 유지를 받들기 위해 내려온 어사를
노리는 적들. 소연님도 그렇고 나도 그렇고! 다음 황제 자리에 오를 후
계자란 것이 저들의 목표를 만들어 준 것이야! 그럼 정리를 해 볼까!
비밀단이 호위로 가장해서 소연님을 헤쳤다는 증거고. 지금도 날 노

리고 있고…… 영미의 武門. 그런데…… 이상하단 말이야! 가장 걱정을 했던 원주민 집단 상인문이 왜 움직이질 않지……! 아직 모습을 드러내지 않았다는 증건데. 그래서 무서운. 비밀단이 상인문 앞잡이일까? 아니야! 저들은 독단적인 욕심 같아!"

강철이 계속 생각하며 뭔가 실마리를 풀려고 노력했다.

100년 전 실종된 유지를 받들고 내려온 소연 아가씨.

그 실종된 단서를 찾아야 하는 것이 강철의 첫 번째 임무다.

두 번째는 선조님의 유지를 받들어 약속을 이행하고 돌아가는 것이고.

"내가 알기로는 상인문이 많은 수의 자객을 길러내고 있다는 것이다. 문제는 어디서 기르느냐! 이건데. 그 단서를 찾지 못했다! 안타깝게도. 헉!"

생각을 하던 강철이 뭔가를 발견하고 표정을 굳혔다.

강철의 시선이 고정된 곳.

20대 두 명의 소매치기들이다.

"도둑놈들이군! 경종을 울릴 필요가 있겠어! 비밀단 저들에게 경각심을 줘야 아무 데서나 날뛰지 못하지! 그 희생자로 저 녀석들이 되겠군! 안됐지만!"

강철이 표정이 갑자기 심각하게 굳어졌다.

강철이 주머니에서 뭔가를 꺼내 입에 물었다.

담배 같았다.

그때다.

어디선가 들리는 듯.

사방팔방 여러 곳에서 강철의 목소리가 울려 퍼졌다.

완벽한 옷, 보물 무체

"부지런히 일해서 먹고 살아야지. 남의 주머니나 털어 도둑질을 하는 못된 너희들에게 벌을 내리겠다. 다시는 도둑질을 못 하게 그 손목을 자를 것이다."

강철의 말이 끝나기 무섭게.

"크아악!"

소매치기 두 명이 각자 왼손으로 오른손을 움켜쥐고 비명을 질렀다.

그들의 오른손은 손목이 잘린 채 피가 흐르고 있었다.

"우아! 내 지갑!"

사람들이 소리쳤다.

그들 소매치기 옷이 갈기갈기 찢어지며 품속에 감추었던 지갑들이 우수수 떨어졌기 때문이다.

"아이고, 하느님 감사합니다!"

어느 부인은 지갑을 들고 기도를 드렸고. 어떤 남자는 넙죽 절을 올리기도 했다.

천벌을 받은 것이야.

신이 벌을 내렸어.

방금 들었지. 신의 목소리를.

사람들은 저마다 한마디씩 떠들었다.

손목을 움켜쥔 소매치기들은 무릎을 꿇고 벌벌 떨고 있었다.

또 그 뒤에서 30대 두 명의 남자 역시 부르르 몸을 떨었다.

"잔인하다! 그리고 어떻게 손을 썼는지 못 봤다!"

두 남자의 공통된 생각이다.

강희와 강철의 모습은 어디로 사라졌는지 찾을 수 없었다.

"우리 상대가 아니란 말인가! 빠르고 무섭고 잔인하기까지."

두 남자는 힘없이 자리를 떴다.

"키득키득."

동대문 시장 3층에서 영미가 생글생글 웃고 있었다.

모든 광경을 하나도 놓치지 않고 다 본 모양이다.

"역시 오빠다! 저 자객들이 찔끔했겠네. 그런데 방금 그 수법이 뭔지 나도 자세히 못 봤다! 오빠 실력이 나보다 우위에 있다는 증거다! 킥킥…… 나이가 있으니깐……! 나도 오빠 나이 되면 더 잘할 수 있다 뭐! 킥킥…… 비밀단. 자신들은 황제를 호위하려고 배운 무예가 최고라고 믿는가? 국방을 지키기 위한 우리 武門의 무예도 최고는 아냐! 왜들 모를까! 황제가 자신을 지키기 위해 만든 무예가 있다는 것을…… 그건 우리들 보다 수백 년 전부터 만들어져 내려온 황궁 무예. 황궁 무기. 황궁 과학. 그걸 알아야 해! 바보들."

영미가 힘없이 돌아가는 30대 두 남자 모습을 내려다보며 비웃고 있었다.

"이 영미님은 벌써부터 그걸 알았지. 왜 내가 武神이라 부르는데……! 적을 알고 나를 알기 때문이야! 킥킥……! 그래도 오빠가 너무 잔인했어! 내가 고쳐주고 가야겠다!"

영미가 1층 시장 바닥으로 훌쩍 날아내렸다.

그런데

영미의 모습은 간데없고 수염이 하얀 할아버지 모습으로 변한 것이 아닌가.

"킥킥…… 내 모습은 아직 드러내면 안 돼! 킥킥……."

영미는 생글생글 웃다가 손목을 움켜잡고 벌벌 떠는 두 소매치기 앞으로 걸어갔다.

"에헴! 고얀 것들! 남의 주머니나 털고 다니깐 그렇지! 이 천신님이 너희가 불쌍해서 손목을 고쳐주고 갈 터이니 다음부턴 착하게 살아라. 알겠느냐?"

영미가 땅바닥에 떨어진 손목을 들고 소매치기 잘려진 손목에다 붙이고 주머니에서 약을 꺼내 발라주었다.

"잘 붙었지?"

영미가 물었다.

"그렇게 빨리? 장난하나?"

의문을 갖고 손목을 만져보던 소매치기들.

"오! 신이시다! 정말 손목이 감쪽같이 붙었다! 감사합니다!"

두 소매치기들은 얼른 엎드려 절을 올렸다.

"에헴! 이놈들아! 착하게 살아! 이제 손목은 잘 붙었으니까! 아이쿠! 내가 늙었나 봐! 손목을 바꿔서 붙여 줬네! 킥킥……!"

영미가 말했다.

"헉!"

두 소매치기는 엎드려 고맙다는 말과 함께 절을 하다 말고 영미가 손목이 바뀌었다는 말을 듣고 얼른 손목을 내려다보았다.

"이건 네 손, 그건 내 손."

정말 그랬다.

두 소매치기들 손목이 서로 바뀌게 된 것이다.

"이놈들아! 그래야 남의 주머니를 털지 못할 것 아니냐? 그냥 생활하는 덴 지장이 없으니 안심해라! 킥킥……!"

영미 말이 멀리서 들려오며 영미 모습은 이미 사라졌다

"우아! 진짜 신이다! 잘린 손목을 금방 붙여주고 연기처럼 사라졌다!"

동대문 시장은 영미의 장난 때문에.

강철의 잔인한 처벌 때문에.

시끄러운 밤이었다.

그런데.

"야홋! 녹음도 됐고 동영상도 다 찍었다. 아! 난 이제 부자다!"

누군가의 외침이 들려왔다.

1시간 후.

강철의 옥탑방.

강철과 강희는 TV를 보고 있었다.

p 방송 9시 뉴스.

시민이 직접 찍은 동영상과 동시 녹음된 목소리까지 단독으로 입수한 뉴스를 보내드리겠습니다.

신의 목소리입니다.

신의 처벌입니다.

잘린 손목을 순식간에 붙여주고 사라진 불가사의한 신의 행동입니다.

뉴스는 p 방송 단독으로 진행됐고.

온 국민들은 믿기지 않는 현실에 밤을 지새우며 이야기꽃을 피우고 있었다.

소매치기들은 경찰에 잡힐 것을 두려워해서 잠수를 했고.

동대문 시장 목격자들을 중심으로 특종을 놓친 방송사 기자들이 몰려들어 인터뷰를 하는 진풍경도 연출됐다.

"시민이 손수 찍은 동영상이라서 아무리 저속으로 돌려도 무엇으로 손목을 자른 것인지 알 수 없습니다!"

아쉽게도 강철이 소매치기 손목을 자른 무기 같은 것은 밝혀지지 않았다.

"헉! 醫門에서도 왔다는 이야긴가!"

강철은 TV를 보며 중얼거렸다.

"醫門이 아니면 불가능하다! 손목을 붙여주고 가는 저 노인은 누굴까? 만약 저자가 나를 노리는 적이라면! 최대의 적이 될 것이다! 어쩌면 나로서도 감당하기 힘든……."

강철이 깊은 생각에 잠겼다.

그런 강철을 강희가 바라보며 뜻 모를 미소를 지었다.

"연이어 터진 신비한 일들. 신의 목소리. 신들의 출현. 세계는 한국을 향해 이목을 집중시키고. 외신 기자들은 서둘러 비행기를 타고 입국을 하고 있습니다. 오늘 저녁까지 입국한 외신 기자들은 무려 1천여 명에 달하고 있으며 오늘 밤 9시 뉴스를 계기로 내일은 약 3천여 명의 기자들이 입국을 할 것으로 예상하고 있습니다! 또한 관광객들도 호기심을 갖고 수없이 입국을 하고 있어서 오늘 하루만 2만여 명이 입국을 했고 내일은 3만여 명이 입국을 이미 예약을 한 상태입니다. 신의 목소리. 신의 행동. 등이 한국의 관광 붐을 일으키고 있습니다. 아마 오늘 밤 뉴스를 계기로 몇 배 많은 관광객들이 몰려올 것으로 기대됩니다."

p 방송 TV뉴스는 30여 분을 시민 동영상만 반복해서 내보내고 있었다.

"오빠! 이제 그만 불 끄고 자자!"

강희가 하품을 하며 말했다.

피곤한 모양이다.

"응! 그래!"

강철이 TV와 불을 끄고 잠자리에 들었다.

"醫門이라……! 천국성 모든 사람들이 병이 없이 살아가게 된 것도 그들의 힘이다! 그러나……! 醫門은 毒門이기도 하다…… 나를 죽이려면 독을 쓸 것이다! 의사가 병만 고치나. 독도 만들고 해독도 하고. 병균도 만들고 병균도 죽이고. 그들 손은 사람을 죽일 수도 살릴 수도 있는 것이다!"

강철은 잠자리에 누워서도 계속 의문醫門에 대한 생각뿐이었다.

"독에 중독되어 죽으면, 독으로 해독해서 살릴 수 있는 것이 의사들이다! 400여 년을 오로지 한 가지만 연구와 개발을 한 의사 집단. 천국성의 보배이면서 가장 무서운 집단이기도 하다! 과연 난 그들을 이길 수 있을까?"

강철의 눈은 더욱 반짝반짝 빛났다.

잠이 오질 않았다.

푸르르.

드르릉.

강희는 벌써 깊은 잠에 빠진 모양이다.

어두운 실내.

3명의 그림자가 이야기를 나누고 있었다.

"해의연에 만들어 놓은 것들이 지구로 와서 설치고 다니더니 이젠 내 딸 미미를 건드리려 한다고?"

"네! 벌써 여러 번 미미 아가씨를 죽이려고 시도했습니다."

"이것들이 가만 놔두면 안 되겠네."

"직접 처리하시려고요?"

"아니지 내가 탄생시킨 것들인데 내 손에 피를 묻힐 수는 없지."

"그럼 어찌하시려고요?"

"천국성에서 감찰어사가 왔다며? 그를 이용하려고."

"아! 감찰어사한테 넘겨주려고요?"

"적당한 때가 오면 알려줘."

알 수 없는 대화를 나누던 그림자 셋은 다시 어둠 속으로 사라졌다.

아직 컴컴한 이른 새벽.

강철은 아차산 등산로를 따라 운동을 하고 있었다.

강희는 아직 잠에서 깨지 않았다.

강철 혼자서 가볍게 운동을 하는 중이었다.

"야호!"

누군가 이미 산에 올라가서 소리를 지르고 있었다.

"부지런한 사람도 많군! 벌써 운동을 하는 사람들이 꽤 있다!"

강철은 간혹 만나는 사람들과 가볍게 인사를 하며 운동을 계속하고 있었다.

"건강하십시오!"

지나가는 사람이 인사를 한다.

"즐거운 하루 되십시오!"

강철도 인사를 한다.

강철이 산 정상에 거의 다 올라왔다.

이미 10여 명의 사람들이 쉬고 있었다.

"좋은 아침입니다!"

강철은 사람들과 인사를 했다.

"행복하세요!"

사람들도 덕담으로 인사를 했다.

"……!"

강철이 잠시 표정이 굳어졌다.

사람들 틈에 있는 소녀를 발견했기 때문이다.

영미다.

영미는 생글생글 웃고 있었다.

강철이 눈짓으로 따라오라는 신호를 보내고 한적한 길로 걸어갔다.

"오빠! 여기 와서 보니까 반갑지?"

영미가 능청을 떨었다.

"오늘부터 같이 있자! 너 혼자 힘들고 심심하잖아! 오빠가 그 꼴은 못 본다!"

강철이 말했다.

"바보! 오빠와 같이 떠들고 있고 싶은 건 나야! 그런데. 오빠 이거 알아? 내가 여기 무엇 때문에 왔는지?"

영미가 생글생글 웃으며 물었다.

"안다! 네 마음도 알고!"

강철이 말했다.

"그럼! 내가 임무를 완수하려고 하면?"

영미가 생글생글 웃는 표정으로 물었다.

"오빠가 이길 것이라는 것은 너도 알잖아! 하지만 네가 임무를 완수하려고 한다면 해라! 난 너와 싸우기 싫다! 그러나, 넌 그렇게 하지 않을 것이라는 것을 난 믿는다!"

강철이 말했다.

"믿는다고? 킥킥. 그래. 오빠 항상 그렇지! 날 믿는다고? 천국성 모든 사람들이 가장 무섭다고 하는 나 영미를?"

영미가 다시 생글생글 웃었다.

"오빠 너만 보면…… 아니다!"

강철은 영미만 보면 안쓰러워 눈물이 나려고 했다. 그러나 그 말을 할 수는 없었다.

"왜? 내가 불쌍해서? 킥킥…… 오빠!"

영미가 강철을 불렀다.

"왜?"

강철이 물었다.

"황궁 무예, 황궁 무기, 황궁 과학들……. 그게 천하제일은 아냐! 또한 오빠의 그 비밀 무기들도 최고는 아니고! 세상은 말이지……! 힘으로만 되는 게 아니거든!"

영미가 말했다.

"헉! 우리 영미가 제법 철들었네! 너……! 혹시 강희를 의심하는 것 아냐?"

강철이 의혹의 눈으로 영미를 바라보았다.

"한 가지만 알려줄게! 상인문에서 비밀리에 전해져 내려오는 사술이 하나 있는데……! 사람의 마음을 조종하는 사술……!"

영미가 다시 생글생글 웃었다.

"그래? 첨 듣는 소리군! 넌 어떻게 그걸 알았어?"

강철이 물었다.

"오빠 내 별명이 뭔지 알아?"

영미가 강철에게 되물었다

"武神 무신……! 헉! 그렇다면? 영미 너도 이미 그걸 배웠단 말이냐?"

강철이 뭔가 깨닫고 화들짝 놀랐다.

"맞아! 그 정도는 이미 9살 때 배웠어! 킥킥……."

영미가 생글생글 웃는다.

"그렇다면……! 너?"

강철이 이해할 수 없다는 표정으로 영미를 바라보았다.

"오빠 생각이 맞아! 황궁 무예. 황궁 무기. 황궁 과학. 이미 영미가 다 아는 사실이야!"

영미는 미소를 지었다.

"그래! 그랬어! 으하하하…… 오빠가 속았구나! 그걸 몰랐다니! 으하하하!"

강철이 뭔가 눈치를 채고 호탕하게 웃었다

"쳇……! 변장을 잘했지만! 들켰네!"

영미가 생글생글 웃기 시작했다

"이거! 오빠가 너무 자만하고 있었다. 그래! 네가 武門의 후계자란 사실을 잠시 잊었구나! 네가 원하면 어느 것이든 다 볼 수도 있고 어디든 들어갈 수도 있고. 뭐든 달라고 요구할 수도 있는 武門의 후계

자. 천국성 감찰어사. 그게 너란 사실을 하하하⋯⋯."

강철이 큰 소리로 웃었다.

"한 가지 더 있지! 킥킥"

영미가 웃었다.

"한 가지 더?"

강철이 의아한 표정을 지었다.

영미에 대하여 방금 말한 것이 전부 다 같았는데. 또 있다니⋯⋯.

"醫門 제8대 門主"

영미가 짧게 말했다.

"뭐? 네가? 의문 8대 문주라고?"

강철이 무척 놀라는 표정이다.

"몰랐어? 감찰어사는 대왕대비 직속이고 대왕대비께선 의문 7대 문주란 사실을?"

영미가 설명을 하고 다시 생글생글 웃었다.

"헉! 그래⋯⋯! 그렇지! 그랬었어!"

강철이 뭔가 한참을 깊은 생각에 잠겼다.

영미는 그런 강철을 바라보며 생글생글 웃기만 했다.

"어쩌면⋯⋯! 네가 임무를 완수하겠다고 나서면 나로선 감당하기 힘들지도 모르겠다!"

강철이 한참을 생각하다가 말했다.

"쳇! 엄살 그만 떨어! 누가 그래? 내가 달라고 하면 다 내주고. 보여 달라고 하면 다 보여주고. 내가 가려고 하면 어디든 갈 수 있다고? 그건 겉만 그렇지! 오빠부터 감추는 게 더 많잖아! 킥킥⋯⋯ 다들 그래! 알맹이는 숨기고 껍질만 드러내놓지! 킥킥⋯⋯!"

영미가 웃고 있었다.

마치 강철이 속마음을 다 알기라도 하듯.

그런 표정이었다.

"그 껍질을 가지고 알맹이를 찾는 것이 네 임무잖아!"

강철이 말했다.

"아무리 그렇다 해도 오빠 내가 무슨 천재라도 되는 줄 알아? 껍질 만 가지고 숨긴 알맹이를 알아맞히는 것은 한계가 있는 것이야! 쳇!"

영미가 입술을 삐쭉 내밀었다.

그런 영미 모습은 어린 소녀가 분명했다.

그러나

강철은 안다.

그런 영미가 얼마나 무서운 존재란 사실을.

그렇게 어린 소녀 같아서.

그렇게 철부지 어린애 같아서.

언제나 장난꾸러기 귀여운 소녀이기에.

모두들 방심하다가 무참히 당하고서야 영미의 무서움을 알게 된다 는 사실을.

그렇게 당하고 붙여준 이름…… 武神.

16살 어린 소녀.

영미는 천국성이란 별에서 가장 무서운 존재였다.

대왕대비와 태상황까지도 조사를 할 수 있다는 감찰어사.

태조 이정주의 유지로 탄생된 천국성 단 하나의 직책 감찰어사.

죄를 지은 자를 즉석에서 심판까지 할 수 있는 절대 권한.

그것이 영미다.

완벽한 옷, 보물 무체

"네 말이 맞다! 누구나 자신을 지키기 위해서 마지막 무예와 무기는 숨기는 것이지! 나도 그렇고 너도 그렇고. 하하."

강철이 호탕하게 웃었다.

"오빠하고 같이 지내는 것은 좀 생각해 볼게! 왜냐하면 아직 오빠를 노리는 적을 다 파악을 못 했거든. 킥킥……."

영미가 갑자기 앞으로 빠르게 달리기 시작했다.

오가는 사람들이 많아서 하늘을 날거나 하면 또 시끄러울 테니까.

그냥 운동하듯 달리는 것이었다.

강철은 천천히 걷고 있었다.

영미가 보이지 않을 때까지 영미가 뛰어가는 모습을 바라보는데 입가에 비웃음이 가득한 표정은 무엇일까.

2033년 지구 이야기

아침부터 빗방울이 툭툭 소리를 내며 하나둘 떨어지고 있었다.

서울역 시계탑 아래는 국영이가 벌써부터 가득 들뜬 표정으로 기다리고 있었다. 늘 자가용 승용차만 타고 다니던 국영이기에 기차여행은 이번이 처음이다. 특히 수민이와 여행이라니 국영이 마음은 이미 저 멀리 뜬구름 위를 날아가고 있었다.

툭. 툭.

누군가 국영이 어깨를 손으로 툭툭 치자 국영이는 수민이가 온 줄 알고 반갑게 돌아섰다.

"……!? 누구……?"

귀여운 여고생 둘이 국영이 눈앞에서 생글생글 웃고 있자 의아한 표정으로 국영이 물었다.

"수민이 친구 국영이 맞지? 반가워 난 하나라고 해. 이쪽은 지수."

하나가 상큼한 미소를 지으며 자신과 지수를 소개하고 손을 내밀었다. 국영은 얼떨결에 하나와 악수를 하면서도 괘씸한 마음이 가득했다. 수민이야 친구로 받아들였지만 아무리 수민이 친구라지만 나이가 한참 어린 것들이 마치 친구처럼 반말이라니. 한마디 해주고 싶지만 수민이를 봐서 꾹 참고 있었다.

"아야…… 오래 기다렸지."

저 앞에서 수민이가 이영과 같이 오면서 말했다.

"쳇. 수민이와 단둘이 갈 줄 알았더니 이게 몇 명이야."

국영이가 살짝 실망스러운 표정을 지으며 속으로 투덜거렸다.

"야아……."

하나가 두 팔을 벌리며 뛰어가 수민이를 끌어안는다.

"이 남자 아이가 그 아이야?"

하나가 수민이를 끌어안고 귀에다 속삭이듯 물었다. 수민이는 살짝 고개를 끄덕였다.

"반갑다. 난 너의 누나 친구야. 하나라고 해."

하나가 이영의 한 손을 두 손으로 잡으며 말했다. 이영은 수민이 얼굴을 마치 도와달라는 표정으로 바라보며 하나 손에서 자신의 손을 빼내려고 안간힘을 쓰고 있었지만 하나가 잡은 손은 꼼짝도 안 했다.

"괜찮아, 누나 친구야. 인사해."

수민이가 이영의 어깨를 손바닥으로 토닥거리며 달래자 이영은 하

완벽한 옷, 보물 무체

나를 보며 고개로 인사를 했다.

하나는 이영의 인사를 받으며 두 눈으로 이영을 찬찬히 뜯어보고 있었다.

"반가워. 난 지수라고 해."

지수가 다가와 이영에게 악수를 청했다. 천진난만한 귀여운 여고생 모습이라서 그럴까. 지수가 내민 손은 얼른 잡으며 고개로 꾸뻑 인사를 하는 이영을 바라보고 수민이는 입가에 미소를 짓는 반면. 하나는 고개를 갸웃거린다.

어느 공간.

등을 돌리고 앉아 전화를 받는 남자가 있었다.

"그 아이를 데리고 갔다고? 아무튼 다행이네. 그래서 겨우 그들 일행을 따라잡을 수 있으니 말이야. 정신 차려. 다음부터는 실수하지 말도록. 놓치지 말고 잘 미행해."

등을 돌리고 앉은 남자는 신경질적으로 전화를 끊고 핸드폰을 옆 소파에 집어 던졌다.

"머저리 같은 놈들. 그깟 소녀 하나를 놓치고 그래."

남자는 투덜거리며 탁자에 있던 담배를 한 개비 꺼내 입에 물고 불을 붙여 길게 한 모금 빨아 연기를 내뿜고 있었다.

남자의 옆모습이 창문의 밝은 빛과 함께 보여 누군지는 알 수 없었다.

열차에 올라타던 수민이가 잠시 멈칫 한다. 하나가 옆에서 그런 수민이 팔을 살짝 잡아당기며 눈을 찡끗거린다.

"알고 있었어?"

수민이가 작은 소리로 하나에게 묻는다.

"두 팀이 따라붙었어. 따라오게 놔둬."

하나가 작은 소리로 말했다.

"아! 파리떼 말고. 저기 저 할머니 말이야."

수민이가 방금 자신을 스쳐 지나간 할머니를 턱으로 가리키며 말했다.

"어? 저 할머니가 왜?"

하나가 의문스럽다는 투로 물었다.

"저 할머니에게서 여러 가지 냄새가 나서 말이야."

수민이가 코 끗을 찡끗거리며 말했다.

"냄새라니? 어떤?"

"음 첫째 바다 냄새야. 장기간 몸에 배어있어. 즉, 배를 타고 왔고. 어떤 섬에 산다는 것이고. 둘째, 음식물 냄새가 일본에서 주로 먹는 음식물 냄새가 나고. 셋째, 소녀들이 주로 쓰는 향수 냄새가 복합적으로 배어있다는 것이 중요해. 하나둘이 아닌 여러 소녀들 냄새가 저 할머니에게서 난다는 것이지."

"햐! 그런 것 까지? 그렇다면?"

하나가 놀랍다는 표정을 지으며 묻는다.

"응. 비행기 냄새가 전혀 없고. 한국 음식 냄새도 조금 섞이긴 했는데. 즉 한국에 온 지 며칠 안 됐고. 비행기는 전혀 타지 않았고. 주로 배로 이동을 했다는 것이지. 마치 소녀들 실종사건과 관련이 깊다. 이런 냄새를 풍기고 다닌다는 것이지."

수민이가 말을 하면서 고개를 갸웃거린다.

"왜? 무슨 문제라도 있어?"

"마치 누군가를 낚으려는 미끼처럼 말이야."

"미끼라니? 설마 수민이 너를?"

"아니야. 나는…… 나에 대해서 조금이라도 아는 사람은 오로지 너뿐이거든."

수민이 말을 듣고 하나는 무척 놀랐다. 하나 머릿속에 수민이 말이 자꾸 맴돌았다. 오로지 너뿐이다. 즉, '수민이에 대해서 조금이라도 아는 사람이 하나 한 사람뿐이다'라는 것은 하나에게만 자신에 대해서 조금이라도 노출을 시켰다는 뜻이기 때문이다. 그렇다면 자신에 대해서 가족도, 지수도 그 누구도 모른다. 이런 뜻이기 때문에 하나는 무척 놀라고 있었다.

"그럼? 난가?"

하나가 의아한 표정으로 수민이를 바라본다.

"아니야, 너도 노출을 전혀 시키지 않았으니. 아마 지수일 거야. 봐. 유난히 지수 곁에선 오래 머물다 가잖아."

수민이가 눈짓을 하며 말했다.

"그렇다면 지수를?"

"응. 지수 보고 따라오라는 것이지."

"지수를 잡으려고? 내가 보기엔 지수를 잡을 만한 인간이 있을까 싶은데?"

"그 정도는 이미 알고 낚으려는 수작이야. 이미 지수도 눈치 챘네."

수민이가 말을 하며 턱으로 지수 쪽을 가리켰다. 우연일까. 지수도 마침 하나와 수민이를 향해 고개를 돌리며 잠시 두 눈을 감았다가 뜨며 다시 돌아섰다.

마치 고개는 돌렸지만 하나와 수민이를 바라보진 않았다. 자신이 하나와 수민이와 같은 동행이란 것을 감추려는 의도며 동시에 수민이에게 동행이 아닌 것처럼 행동하라는 무언의 뜻을 전달하는 것이었다.

"오! 그럼 우리는 따로 앉아야 하겠네."

"좌석이 정해져 있는데. 그럴 수는 없고. 우린 그냥 좌석을 찾아 앉자. 지수가 알아서 다른 곳으로 갈 거야."

"하지만…… 저들도 이미 지수와 우리가 같이 온 것을 봤을 지도 모르는데."

하나가 걱정스러운 표정을 지었다.

"아니야. 지수도 갑자기 저들의 표적이 된 것이야. 우연히 지나다가 지수에게서 느껴지는 강함 때문에 저들이 납치하려는 생각이지. 아마도……"

"아마도 뭐야?"

"자신들이 찾던 강한 소녀를 발견했다. 뭐 그런 희열을 느끼며 좋아하는 중일 거야. 웃기지?"

수민이가 하얗게 웃었다.

"오호! 정말 수민이는 판단력이 뛰어나. 감탄했어. 이런 인간도 있었구나 싶을 정도로. 그런데…… 정말 나에게만 너를 조금이라도 노출시킨 거야? 부모님들도 모르고? 가족이나 친구들도 몰라?"

하나가 수민이 귀에다 입을 대고 작은 소리로 물었다.

"당연하지. 나는 태어날 때부터 남에게 내 존재를 알려선 안 되는 인간이었어. 슬픈지?"

"무슨 뜻이야?"

"차차 알게 돼. 뭘 그렇게 한 번에 다 알려고 해? 자기도 이제 겨우 10% 노출했으면서."

"오! 수민이 너? 그것도 알았어? 대단한데. 그럼 너는 얼마나 내게 노출했는데? 너도 10%?"

하나 물음에 수민이는 그냥 빙그레 웃기만 했다.

"잠시만……!"

갑자기 수민이가 심각한 표정을 짓는다.

"무슨 일이야?"

하나가 작은 소리로 물었다.

"잠시만. 한 20분만 잘게. 말도 걸지 말고 건드리지도 말고. 잠시면 돼."

수민이도 작은 소리로 하나에게 말했다.

"알았어! 내가 지켜줄게."

하나가 의미심장한 미소를 지으며 대답했다.

수민이는 곧 눈을 감고 잠이 들었다. 그런 모습을 바라보며 하나는 마치 수민이를 보호하듯 사방을 경계하며 주위를 세밀히 살피고 있었다.

"역시 대단해. 자신을 대신할 껍질만 남겨놓고 사라지다니. 어딜 갔지? 다른 자들이 알면 안 된다는 것이지. 내가 철저히 껍질은 지켜주지."

하나는 속으로 그렇게 생각하며 수민이가 남겨놓은 자신의 모형을 잘 지켜주고 있었다.

조용한 외진 아파트에 경찰들이 새카맣게 깔렸다. 아파트 주민들은 이미 대다수가 밖으로 피신을 한 상태였다.

경찰 하나가 확성기를 들고 아파트를 향해 계속 소리치고 있었다.

"요녀는 들어라! 넌 이미 완전히 포위됐다. 조금이라도 허튼 짓을 하면 저격수들이 바로 사살을 할 것이다. 순순히 나와라."

이미 아파트 옥상과 근처 높은 동산 위에 경찰들이 저격용 총을 들고 어느 한 곳을 집중적으로 겨누고 있었다. 바로 아파트 5층 강풍의 엄마 요녀라 부르는 그녀의 집이다. 그녀는 창틈으로 이미 밖의 상황을 다 내다보고 있었다.

"호…… 이젠 정말 끝인가. 이 죄 많은 인생도 이젠 갈 때가 되었는가. 강풍 그 아이를 위해 조금만 더 살고 싶었는데……."

그녀가 깊은 탄식을 했다.

바로 그때.

"지현 이모! 강풍 오빠가 그럼 그때 그 남자?"

언제 나타나 있었나. 아니 오래전부터 그 자리에 있었던 것처럼 침대에 걸터앉아 그녀를 바라보는 소녀. 바로 수민이가 아닌가. 열차에 잠들어 있을 수민이가 이 시간에 여길 어떻게?

"헉! 너! 넌?"

그녀는 소스라치게 놀라며 말을 더듬었다.

"그래요. 제 엄마가 이정미. 할머니는 모내. 배신자 지현 이모를 처단하라는 명을 받고 왔어요. 그런데 몰랐네요. 그렇게 보고 싶었던 강풍 오빠가 지현이모 아들이라니."

수민이가 복잡한 표정을 지으며 말했다.

"그래. 그랬구나. 어쩐지 내가 이기지 못할 상대처럼 느껴져서 의아해했더니 네가 수민이었어. 잘 왔다. 이제 넌 명을 수행해라. 어차피 여기서 나갈 방법도 없으니 말이야. 헌데? 넌 어떻게 여길 왔어?”

“전 명을 이행할 겁니다. 지현 이모는 계속 오빠 곁에서 오빠를 보살펴주세요. 언젠가 제가 오빠를 보러 갈 것입니다.”

“그게 무슨 말이냐? 날 죽이지 않겠다는 것이냐?”

“죽이긴요. 강풍 오빠를 그럼 제가 어떻게 봐요. 그냥 이모의 살수의 능력을 없애 드릴 겁니다.”

수민이가 싱긋 미소를 지으며 걸터앉았던 침대에서 일어났다

“안 돼! 어차피 경찰들이 날 살려두지 않을 거야. 그렇다고 감옥에 가기도 싫고. 살인을 많이 해서 어차피 난 사형을 받을 거야.”

“걱정 말아요.”

수민이가 한마디 하며 갑자기 몸이 흐릿해질 정도로 빠르게 움직였다. 수민이 몸이 그녀의 몸을 한 바퀴 돌고. 그녀가 축 늘어진 것도 순간적인데. 갑자기 그녀와 수민이 모습은 그 어디에도 보이지 않았다.

때를 같이해서 현관문이 열리고 경찰들이 들이닥쳤다.

　　잠시 후 여수 엑스포역에 도착하겠습니다.

“벌써? 아....... 함”

수민이가 하품을 하며 잠에서 깨어났다.

“30분만 잔다더니? 1시간은 잤네.”

하나가 빙긋 미소를 띠며 말했다.

“그래? 슬슬 내릴 준비를 해야지.”

"자는 동안 지수가 어디로 갔는지 아는 거야? 안 보이는데 왜 안 묻지?"

하나가 묘한 표정으로 묻는다.

"지수는 어디 갔는지 알지만, 이 아이는 어디 갔어? 이영?"

수민이가 두리번거리며 물었다.

"그 아이 조금 전에 화장실 갔어."

하나가 얼른 대답했다.

"그래? 그렇다면 파리들이 그 아이를?"

수민이가 고개를 끄덕이며 혼잣말처럼 중얼거렸다.

"무슨 소리야? 파리들이 그 아이를? 데려갔다는 것이야?"

하나가 놀라서 일어나려고 했다.

"아니야! 화장실 쪽에서 그 아이에게 말을 걸고 있는 자들이 있어서. 누군가 했어. 그자들이 그 아이를 따라온 것이군. 흠……."

수민이가 또 혼잣말처럼 중얼거렸다.

"허……! 여기서 저 다른 칸 그것도 문이 두 개나 닫혀 있는 곳의 대화를 들을 수 있다는 거야? 기가 막히네."

하나가 놀랍다는 투로 작게 말했다.

"큭. 이런……! 노출을 또 했군."

수민이가 하나를 보고 눈을 찡긋하며 웃는다.

"내가 상대하려는 그들보다 넌 아마도 더 신비한 존재 같아. 지구에서 이런 친구를 사귄 것은 행운이네."

하나가 환하게 웃으며 작게 말했다.

그때였다.

"와! 하나야! 수민아!"

완벽한 옷, 보물 무체

소녀가 반갑게 소리치며 손을 흔들고 온다.

"어!? 넌! 유정아! 여긴 어쩐 일이야?"

하나가 의외라는 표정을 지으며 일어나 유정이를 반기는데 수민이는 뜻 모를 미소만 짓고 있었다. 하나도 수민이도 악독하기로 유명한 신들의 막내로만 알고 있는 그런 유정이는 예원여고 같은 반 학생이었다. 수민이도 하나도 모른 체하며 반겼다.

"누나. 일어났어? 누나가 잠들어서 나 심심했어."

이영이 걸어오며 눈물까지 글썽인다. 수민이는 그런 이영에게도 미소로 답했다. 하나와 유정이는 서로 손을 맞잡고 벌써 수다를 떨기 시작했다.

"어디 가는 길이야?"

하나가 먼저 묻고.

"응. 이모네 집에 놀러 가는 길이야. 이모가 여수 살거든. 그런데 너와 수민이는? 어딜 가는데 같이 가?"

유정이가 묻고 떠들었다. 그런데 그런 유정이를 본 이영의 표정이 하얗게 질려 간다. 그 표정의 의미를 아는지 수민이가 얼른 이영의 손을 잡고 안심시켜주자 이영은 슬금슬금 수민이 맞은편 자리에 앉았다.

"잘됐다. 유정이 너도 거기 앉아."

수민이가 유정이를 보고 이영 옆에 빈자리를 손으로 가리키며 말했다. 지수 자리로 표를 산 것인데 지수가 다른 곳으로 가서 빈자리가 된 곳이다.

"어. 그래. 아무튼 반갑다. 이렇게 열차에서 만나다니. 수민아! 아직 정식으로 인사도 못 했는데. 나 유정이야. 앞으로 친하게 지내자."

유정이가 손을 내밀었다. 수민이가 같이 손을 내밀자 유정이가 얼른 수민이 손을 덥석 잡더니 손에 힘을 준다. 엄청나게 밀려오는 강한 힘에 수민이는 자기도 모르게 비명을 질렀다.

"아악!"

"아, 미안. 무슨 애가 이렇게 손에 힘이 없어."

유정이가 얼른 손에 힘을 풀며 말했다. 그 순간 하나가 수민이를 바라보며 입가에 작게 미소를 띠다가 얼른 사라졌다. 그리고 그 순간 수민이 마음속으로 하나의 음성이 전달됐다.

"유정이가 고의적으로 힘을 준 것 같은데 왜?"

하나의 음성은 오로지 마음과 마음으로 전달하는 수법으로 수민이에게만 전달되는 것이다. 수민이는 하나의 뜻을 읽고 역시 마음으로 음성을 전달했다.

"왠지 지수를 따라다니는 것이 수상해서 나를 숨긴 것이야."

"지수를 따라다닌다고?"

"그래. 벌써 며칠째 지수만 따라다니고 있어. 심지어 지수가 블랙이글을 처치할 때도 지수 몰래 따라갔었어. 지금은 지수도 눈치 챘지만."

"허면……! 놈들이 이미 나와 너를 의심한다는 뜻인데. 헌데 지수를 왜? 너도나도 아니고. 지수를? 혹시 지수를 매수하려고?"

"모르겠어. 조금 전에도 누군가와 대화를 하던데. 그 대화 내용을 못 들었어. 지금 너와 나처럼 마음으로 전달하는 대화라서 말이야."

"뭐? 그럼 넌 마음으로 대화를 하는 것도 눈치를 챘다고? 듣지는 못했어도?"

"아 지금도 누군가와 대화 중이야. 유정이가. 대충 이런 말이네. 나는 그냥 평범한 학생이라고. 누군가에게 보고를 하고 있네."

"큭. 네가 원하던 것이네. 그래서 손이 아프다고 그렇게 비명을 지른 것이고? 호호호…… 아무튼 넌 볼수록 신비해. 아이큐가 250은 넘어야 할 수 있다는 마음으로 대화도 가능하고. 그럼 앞에 있는 유정이는…… 혹시 그자의 둘째?"

"그자라니?"

"지구인들이 옥황상제라고 부르는 그 신의 둘째 딸. 민군이라고 하지 아마. 그가 맞을 거야. 나보다 아이큐가 높다는 민군. 그래 맞는 것 같아."

"허…… 아까 대화에서 유정이가 영후라고 부르던데. 그게 유정이 아빠야? 그래봐야 영미 그 사람 말처럼 인조인간에 불과하다면, 저자들을 만든 사람이 인간들이 말하는 조물주가 되는 것인가?"

수민이가 물었다.

"큭…… 역시 마음의 소리까지 들을 수 있는 단계라니. 그럼 아이큐가 나보다 얼마나 높다는 거야? 유정이 저게 나보다 강하다는 이야긴데. 그런 유정이 마음의 대화를 듣는다. 큭…… 넌 도대체 뭐야?"

하나가 놀랍다는 표정을 살짝 짓고 대화를 멈췄다.

"너희들 심심하면 여수 우리 이모네 집에 놀러 가자."

유정이가 수민이와 하나를 번갈아 보며 말했다.

"그래. 너희 이모 음식 솜씨 좀 봐야지."

수민이가 얼른 대답하자 하나와 이영은 몹시 당황했다.

"안 돼. 그곳은 아마도 그 처녀귀신 유유의 보금자리일 텐데."

하나의 마음의 소리가 수민이에게 전해졌는데. 수민이는 그냥 생글생글 웃으며 유정이와 대화를 나누고 있었다.

"너 네 이모네 집에서 하룻밤 신세를 져도 되지?"

수민이가 유정이를 보고 묻는 말에 하나와 이영의 표정은 하얗게 질려갔다.

"그럼. 당근이지. 오늘 이모네 집에서 자고 가. 저녁에 바비큐 파티도 열어 달라고 할게."

유정이는 기다렸다는 듯 얼른 대답했다.

"나도 같이 가자."

언제 왔는지 지수가 옆에 서서 말했다. 지수 옆에는 국영이도 같이 서 있었다. 국영이 귀에 수민이 음성이 조그맣게 들렸다.

"넌 우리와 모르는 사이처럼 따로 행동하고. 여수에 내리면 내 부탁 좀 들어줘. 어떤 할머니를 미행해줘. 들키지 말고."

국영이는 얼른 알았다는 표정을 짓고 다른 곳으로 걸어갔다.

"그래, 지수 너도 같이 가자."

유정이는 기다렸다는 듯 잽싸게 말했다.

수민이 마음속으로 하나의 질문이 전해졌다.

"무슨 생각이야? 유유는 무섭다고. 우선 나부터도 내 모습을 숨기기 어렵고. 들통날 것이 뻔한데."

하나의 걱정이 듬뿍 담긴 마음의 소리였다.

"네가 말하는 그들이 궁금해졌어. 넌 들킬 일 없을 거야."

수민이 말이 전달되고 의아한 하나가 뭔가 물으려 할 때. 하나는 소스라치게 놀라고 있었다. 자신의 모든 힘이 마치 물 빠지듯 사라져버리고 있었다.

"놀라지 마. 당분간 그냥 평범한 소녀로 변해 있을 거니깐."

하나는 수민이의 그 말을 끝으로 더 이상 마음의 소리도 듣지 못하고 전달하지도 못하는 몸이 됐다. 아무것도 할 수 없는 평범한 소녀.

완벽한 옷, 보물 무체

하나는 그런 자신의 모습에 놀라기도 했지만, 그런 수법을 쓰는 수민이 능력에 더욱 놀라고 있었다. 그런 하나를 바라보며 수민이가 미소를 보냈다. 마치 믿고 가만히 있으라는 그런 미소를. 하나는 수민이를 믿기로 했다. 아니 믿지 않는다 해도 당장 어찌할 능력도 이젠 없었다.

'어찌 인간의 능력이 이럴 수가 있는가? 수민이 이 친구의 능력은 어디까지인가? 신들의 능력에 거의 도달했다는 나조차도 수민이에겐 그냥 장난감에 불과하다. 무섭다. 그리고 다행이다. 이 친구가 나의 적이 아닌 것이. 그리고 희망이 보인다. 이 친구 능력이라면 어쩌면 신들의 손에서 인간들의 목숨을 지키지 않을까. 난 내 능력을 90프로는 감추고 있었다고 생각했는데. 이 친구는 이미 다 보고 있었어. 자신의 능력은 90프로는 감추고. 어쩌면, 저 지수도 내가 생각하는 그런 것이 아닐까? 마치 다 드러내 놓고 있다. 자신이 강하다는 것과. 아이큐가 300은 된다는 것도. 거기에 잔인하다 못해 소름 끼치는 살인 수법까지. 내가 만난 인간들 중에 가장 강한 상대. 지수. 어쩌면 말이야. 스승님이 없어도 그들을 잡을 수 있을 것 같다.'

하나는 자신의 생각을 정리하기 시작했다. 그런 하나의 마음을 아는지 수민이가 입가에 미소를 띠면 하나를 슬쩍 바라본다.
열차는 여수 엑스포역에 도착을 하고 있었다.

정보부 집무실.
뚱뚱한 남자가 담배를 피우고 앉아 있는데 젊은 남자가 문을 열고 뛰어들어 왔다. 뚱뚱한 남자는 얼른 일어나 허둥지둥 담배를 끄고 공손히 서서 고개를 숙였다.

"이 과장님! 해결 탐정 w에게 의뢰를 하신 일은 잘 진행돼 갑니까?"

젊은 남자가 소파에 몸을 던지듯 앉으며 거만하게 물었다.

"네! 차장님! 잘 진행돼 갑니다. w는 현재 여수 엑스포역에서 내린 것을 보고 받았습니다."

뚱뚱한 남자가 자랑스럽게 이야기했다.

"이 과장님! 그렇게 자만할 것은 못 될 겁니다. 오늘 fbi에서 날아온 전문은 중국에서 죽었던 그 괴물박사가 살아있을 수 있다는 것입니다. 몇 년간 의문의 소녀들 실종 사건과도 연관이 있다는 내용이었습니다."

"그럴 리가요? 그렇다면 그 w는 이미 그가 살아 있다는 것을 알고?"

뚱뚱한 남자가 뭔가 깨달은 듯 표정을 지으며 말했다.

"아마도 그럴 것이오. w를 철저히 감시하시오."

"물론입니다. 찾으면 더 좋고. 못 찾아도 900억 벌고. 손해 볼 건 없는 장사죠. 안 그렇습니까? 차장님!"

"헌데……! 소문은 들으셨죠? w는 손해 보는 일은 절대 맡지도 않는다는 것을 말이요. 아마도 뭔가 있을 겁니다."

젊은 사람이 의미심장한 표정으로 말했다. 뚱뚱한 남자도 표정이 차츰 어두워졌다.

어느 공간.

"영후님! 유유가 마련한 임시 거처로 그 소녀가 초대를 받고 오고 있다고 합니다. 다른 일행도 데리고 같이요."

완벽한 옷, 보물 무체

보군이 말했다.

"네! 일단 지켜봅시다. 동료들도 있으니 함부로 행동도 못 할 것이고. 오늘 밤 기회를 봐서 제거하려고 합니다. 신경 쓰이는 인간은 그 도망친 반란 수괴 하나면 족합니다."

영후가 결심을 한 듯 말했다.

"부탁이 있습니다."

보군이 영후 눈치를 살피며 말했다.

"아! 모친께 그 영혼을 드리죠. 아무튼 도움은 될 것입니다. 우리들 만큼 뛰어난 돌연변이 인간이지만. 특별한 인간은 맞으니까요."

영후가 이미 알고 있다는 투로 말했다.

"감사합니다."

보군은 얼른 고개를 숙이며 말했다.

"허허…… 우리 사이에 그런 인사는 생략하시죠."

영후가 보군의 등을 손바닥으로 토닥이며 말했다.

"그 소녀 동료들은 어찌하실 겁니까?"

보군이 영후에게 물었다.

"그중 한 소녀가 바로 보군께서 어머님 약으로 쓸 인간과 관련이 있으니 곱게 돌려보내야죠."

영후가 미소를 띠며 말했다.

"아! 그렇습니까? 몰랐네요."

"아무튼 유유님 실력이면 충분히 그 신비한 인간 소녀를 잡을 수 있겠지요. 설마 이번에도 실패를 할 것인가. 벌써 6번째인데."

영후 표정이 차츰 어두워지기 시작했다. 덩달아 보군 표정도 어둠이 드리우고 있었다.

"저쪽 바닷가를 돌면 이모 집이야."

유정이가 앞장서서 걸어가며 큰 소리로 말했다.

"어! 그래? 너무 멀다. 헉헉……."

하나가 이마에 땀까지 흘리며 숨을 헐떡거린다. 그런 하나 귓속으로 수민이 음성이 전해졌다.

"외지고 조용한 곳을 고른 것을 보니 아마도 오늘 밤 지수의 목숨을 노릴 거야. 너와 이영. 그리고 나는 보잘것없는 인간들이니 무사할 것이고. 그런데 그들은 지수를 몰라. 후후……."

수민이 음성이 귓속으로 파고들자 하나는 깜짝 놀라 유정이와 이영. 지수를 살폈으나 전혀 수민이 말을 듣지 못하고 있었다. 오로지 하나에게만 전달되는 음성. 이런 전달법도 있구나 하며 다시금 수민이를 바라봤다. 아무런 능력도 없는 하나는 지금 수민이에게 비밀스러운 말을 할 수도 없었다.

"저들이 이영은 잘 아는 눈치야."

수민이 음성이 다시 하나 귓속으로 파고들었다. 하나가 의아한 표정으로 수민이를 바라보았다. 하나는 수민이를 바라보며 생각을 했다. 정말 수민이는 신비롭고. 그 능력의 끝이 어딘지. 오늘밤 대충 드러날 것이라고. 그런 하나의 속 마음을 아는지 수민이가 코를 찡끗 거리며 어서 앞을 보고 걸으라는 신호를 보냈다. 이미 바닷가 외진 곳에 조그만 주택이 하나 보이기 시작했다.

"허허호로진. 바로 그것이다."

하나가 속으로 놀라 소리쳤다. 바로 인간 유격대를 잡으려고 신들이 설치했던 함정. 아무것도 보이지 않지만 도망칠 곳은 오로지 지금 들어가는 입구뿐이다. 이미 유유는 만반의 채비를 했구나. 하나는 표정이 점점 어두워지고 그런 하나를 수민이가 손바닥으로 등을 토닥이며 걱정 말라는 뜻을 전하고 있었다.

"하나야! 걱정 말아. 잘 봐. 저들이 완벽하다고 만든 저 함정엔 허점투성이야. 우선 작은 집 뒤 절벽은 높아 봐야 겨우 10미터네. 지수가 장난삼아 뛰어넘을 수 있는 높이고. 그 절벽 위에 설치한 촘촘한 투명 그물 역시 지수에겐 방해가 되지 않아. 바닷속에 설치한 수많은 낚싯바늘과 창살들 역시 넓이 50미터만 설치한 것은 지수를 너무 우습게 알았다는 것이야. 지수가 장난삼아 뛰어넘을 넓이지. 유유는 집에 있고. 둘이 더 있는데. 둘 다 오른쪽 담장 너머에 숨어 있네. 저들 역시 지수 상대는 되지 않아. 그러니 하나 넌 아무 걱정 말고 아무것도 모르는 인간처럼 놀고 있어."

수민이 말이 하나 귓속으로 전해지자 하나는 무척 놀랐다. 수민이는 벌써 신들이 설치한 허허호로진을 다 파악하고 있지 않은가. 더욱 놀라운 것은 해의연 유격대가 전멸을 당한 저 무서운 함정을 수민이는 한눈에 파해법을 알고 있다는 것이다.

"우리들은 전혀 해치지 않을 것이니 지수만 벗어날 거야. 그러니 너와 난 그저 아무것도 모르는 소녀들이어야 한다. 알았지."

수민이가 다시금 하나 귓속으로 당부의 말을 전했다. 하나는 자기도 모르게 고개를 끄덕거렸다.

"고개를 끄덕이는 것도 안 돼. 비밀 이야기를 하는데. 호호…… 그나저나 내가 만든 최신 제품이 제 기능을 해야 할 텐데……."

수민이가 중얼거리듯 남긴 말. 하나는 궁금했지만 물을 수가 없었다.

"이모! 이모!"

유정이가 큰 소리로 소리치며 달려가자 방문이 열리며 아름다운 여인이 나왔다. 바로 처녀귀신 유유다.

"흠…… 저들이 신이라고. 아니 인조인간이라고."

수민이는 속으로 그렇게 말하며 유유를 찬찬히 뜯어봤다.

"흠…… 뛰어나다. 하나보다 몇 배는. 온몸이 총탄으로는 뚫지도 못하고. 빠름이란 단어가 필요 없는 순간이동이 가능한 단계고. 아이큐는 지수와 비슷한 300 이상. 음식물을 먹지 않고 혼만 흡수하는 관계로 몸속에 노폐물이 없어 몸이 새털처럼 가볍고. 저런 능력이면 100미터 전방의 바위도 움직여 사람을 헤칠 수 있다. 저들을 죽일 수 있는 방법은…… 현재로선 없다. 그걸 알아내야 한다. 저들의 약점을."

수민이가 유유를 살피며 그렇게 느끼고 있었다. 유유 역시 걸음을 멈추고 하나와 수민이를 세밀히 살펴보고 있었다. 유유는 입가에 미소를 띠며 두 눈은 지수를 향했다. 반짝 유유의 눈에 이채가 발했다.

"호호…… 어서들 와요. 유정이 이모에요."

유유는 이내 아무것도 모르는 시골 아주머니 모습으로 돌아와 수민이 일행을 반겼다.

주인공 이야기

미사리.

사람들이 북적거리는 횟집.

뒤편으로 조그만 녹색 판자로 된 문이 하나 굳게 자물쇠로 잠겨 있었다.

문은 잠겨 있었지만 자물쇠만 잠겨 있었지 쉽게 열렸다.

아무나 들어가지 못하도록 문이 잠긴 것처럼 위장을 한 것 같았다

문을 열고 들어가면 좁은 통로가 5미터 정도 이어지는데 벽면엔 창이 하나도 없어서 어두웠다.

통로를 지나면 방이 양쪽으로 4개씩 총 여덟 개가 있었다.

횟집 비밀 룸이다.

도박도 하고 윤락업도 하는 비밀 룸.

방문 위로 숫자가 적혀있었다

검은 나무판자에 하얀 글씨로.

101. 102. 103. 104.

그리고 반대편엔

201. 202. 203. 204.

룸 이름이다.

201과 101은 대낮인데도 사람들 떠드는 소리가 요란하다.

도박을 하는 소리다.

204.

맨 끝 방문 앞엔 신발이 3개 놓여있다.

사람이 3명 들어 있다는 증거다.

두꺼운 샌드위치 판으로 된 방문을 열고 들어가면 서너 평은 됨직한 꽤 큰 방이 하나 나온다.

방엔 별다른 장식이나 가구는 없고 우측으로 작은 방문이 보이고 끝에 방문이 하나 보이는 것으로 보아

주방과 화장실이 있거나

아니면 화장실과 또 다른 방이 있으리라.

지금 넓은 방엔 남자 3명이 앉아 있었다.

하나는 영미에게 혼나고 도주한 그 밀짚모자를 썼던 30대 남자고.

둘은 동대문 시장에서 강철을 미행하던 그 두 남자다.

셋은 심각한 표정으로 대화를 나누고 있었다.

"우리가 모르는 호위가 있는 것 같습니다!"

30대 남자가 말했다.

"물론 예상은 했지만. 강철 혼자만도 너무 벅찬 상대인데. 호위병이라……!"

턱에 검은 수염이 있는 남자가 말했다.

"우리만 온 게 아니므로 힘들면 연합해서 상대를 해야 하네!"

곱상하게 생긴 남자가 말했다.

"다른 사람들은 찾았나? 어느 문에서 왔지?"

턱수염 남자가 물었다.

"공업문에서 온 여인이 있네! 연락하면 올 것이야!"

곱상하게 생긴 남자가 말했다.

"공업문? 여자? 혹시?"

턱수염 남자가 물었다.

"맞네! 정아네!"

곱상하게 생긴 남자가 말했다.

"정아님요?"

30대 남자가 깜짝 놀라며 물었다.

"그래!"

곱상하게 생긴 남자가 고개를 끄떡거렸다.

"정아가 도와준다면 충분하지!"

턱수염 남자가 확신에 찬 말이었다.

"그럼요! 정아님은 武門의 영미를 빼고는 가장 강한 여인이신데!"

30대 남자가 당연하다는 투로 말했다.

"상인문에서도 움직였다는 소식이 있었는데"

턱수염 남자가 말했다.

"그들은 연합은 안 할 것이야! 언제나 단독으로 움직이니깐!"

곱상한 남자가 말했다.

"이번엔 반드시 강혁님을 황제로 올려드려야 하는데."

턱수염 남자가 어렵다는 듯이 고개를 설레설레 저었다.

강혁.

빈약하고 멍청한 강철의 형이었다.

공부벌레로 소문은 났지만 학문도 무예도 모두 강철만 못했다.

너무 허약해서 며칠에 한번 씩 정기적으로 주사기를 꽂아야 살아갈 수 있는 사람.

그런 강혁을 다음 황제로 올리려는 것은 엄청난 음모가 숨어있었다.

즉.

허약한 황제를 즉위시키고 막강한 권력을 움켜쥐려는 의도도 있지만,

빠르게 죽이려는 것이다.

후손을 못 보고 황제가 죽으면 다음 황제 자리는 공석이 된다.

누구에게나 황제가 될 자격이 주어지는 것이다.

무예와 학문 대결에서 우승하고.

천궁의 시험을 통과하는 사람에게 그 자격이 주어진다.

단 여자는 제외된다.

그렇다면.

100년 전 소연 아가씨는 왜 실종됐을까?

여자이기에 황제 자리에 오르지도 못할 텐데.

소연 아가씨는

태자비로 내정된 여인이었다.

태자비 자리를 놓고 다툰 비극이라 할 수 있었다.

결국 황후가 되려는 자들에 의한 실종이라고 전해졌다.

"武門에서 움직이지 않으면 그나마 성공 가능성은 있다!"

턱수염 남자가 말했다.

"영미 이야깁니까?"

30대 남자가 물었다

"그렇다! 영미는 강철을 많이 좋아하고 있어서."

턱수염 남자가 말했다.

"영미 행방을 알 수 없다고 하던데요!"

30대 남자가 말했다.

"그러니까! 내려왔으면 문제는 심각해진다!"

곱상한 남자가 말했다.

"만약 영미가 강철을 돕는다면?"

턱수염 남자가 말했다.

"성공 확률은 하나도 없다!"

곱상한 남자가 말했다.

"영미가 그렇게 대단한가요?"

완벽한 옷, 보물 무체

30대 남자가 물었다.

"우리 비밀단 전체가 다 덤벼도 안 된다!"

곱상한 남자가 말했다.

"우아! 그렇게 대단한 거예요?"

30대 남자가 무척 놀라는 표정이다.

"모르지 정아가 한 50명 있다면."

턱수염 남자가 한마디 했다.

"헉! 50명씩이나! 정아님도 대단하신데?"

30대 남자는 무척 놀라고 있었다.

"武神이란 별명 그냥 얻은 게 아냐!"

곱상한 남자가 말했다.

"강철을 보곤 心神이라고들 하던데?"

턱수염 남자가 물었다.

"그렇지! 도무지 속을 알 수 없다고 해서 붙여진 이름인데! 또 하나
깊이를 알 수 없다고 해서 그렇게도 부르지!"

곱상한 남자가 말했다.

"흠! 깊이라……!"

턱수염 남자가 수긍이 간다는 듯 고개를 끄떡거렸다.

"그 강희란 여자아이 말인데. 그걸 이용하면 어떨까?"

곱상하게 생긴 남자가 좋은 생각이 난 듯 물었다.

"무슨 말이야?"

턱수염 남자가 반문했다.

"강희라는 그 아이를 납치해서 강철을 잡는 것이 어떠냐 하는 거야!"

곱상하게 생긴 남자가 말했다.

"흠! 그것 괜찮은 생각인데……!"

턱수염 남자가 고개를 끄떡거렸다.

"자, 이리 모여 봐!"

곱상하게 생긴 남자가 둘을 가까이 불러 모아놓고 자신의 생각을 이야기하기 시작했다.

셋은 그렇게 머리를 맞대고 음모를 꾸미기 시작했다.

무악산.

등산로가 아닌 깊은 숲속.

준석은 선녀가 가르쳐 주는 대로 열심히 수련을 하고 있었다.

벌써 이틀째다.

피곤에 지칠 법도 한데 준석은 신이 났다.

꿈에도 생각 못했던 하늘을 마음대로 날 수 있기 때문이다.

아직은 제대로 몸을 가누지 못해서 기우뚱하다가 넘어지기 일쑤지만.

그래도 기분은 최고였다.

온몸이 상처투성이로 변했다.

넘어지고 떨어지고 나무에 긁히고.

"멍청이! 이틀 동안 겨우 1단계도 못 배우고 허둥대긴……!"

선녀가 커다랗고 둥근 바위에 앉아 준석을 야단치고 있었다.

"헤헤……!"

준석은 선녀가 욕을 해도 마냥 기분이 좋았다.

하늘을 날 수 있어서 좋았고.

지금까지 기에 눌러 지냈던 형 준호에게 보란 듯이 능력을 보여줄 생각으로 기분이 좋았다.

"바보!"

선녀가 준석을 보고 입을 삐쭉 내밀며 바위에서 일어났다.

"혼자 연습하고 있어! 볼일 좀 보고 올게!"

선녀는 준석이 대답도 듣지 않고 훌쩍 몸을 날려 사라졌다.

"헤헤……."

준석은 다시 실없이 웃으며 연습을 하기 시작했다.

준석이 연습을 하는 곳에서 골짜기를 하나 넘어 양지바른 곳에 큼직한 산소 하나가 있었다.

선녀는 그 산소 앞에 서 있었다.

선녀 앞에는 외팔이 남자가 하나 서 있었다.

"아부지!"

선녀가 외팔이 남자 품으로 뛰어들었다.

"그래! 우리 선녀!"

외팔이 30대 남자가 한 손을 벌려 선녀를 안아주었다.

사암절벽에서 준석에게 선녀를 데리고 세상 구경을 시켜달라던 그 남자.

선녀의 아부지.

선녀를 길러준 아빠.

"우리 선녀 며칠 안 본 사이 어른스러워졌네! 하하……."

외팔이가 선녀를 안고 말했다.

"아부지! 보고 싶었다. 히힛……!"

선녀가 아양을 떨었다.

"아빠도 선녀가 보고 싶었다. 매일."

외팔이가 선녀 들을 손바닥으로 토닥거리며 말했다.

"선녀가 보고 싶어서 왔구나?"

선녀가 두 팔로 외팔이 허리를 힘껏 끌어안으며 말했다.

"웅. 그럼! 그럼!"

외팔이도 한 손으로 힘을 주어 선녀를 꼭 안았다.

"엄마는 안 왔어?"

선녀가 물었다.

"곧 널 찾아올 거야!"

외팔이가 말했다.

"웅!"

선녀가 말했다.

"너도 이미 알고 있겠지만. 그들이 왔다! 기다리던 그들이."

외팔이가 선녀 등을 톡톡 손바닥으로 치며 말했다.

"웅! 알고 있어!"

선녀가 말했다.

"그래서 네 엄마가 널 찾아올 거야!"

외팔이가 말했다.

"선녀는 엄마 없이 아무것도 못 해. 난 바본가 봐! 그치?"

선녀가 외팔이 품에서 벗어나 외팔이 얼굴을 바라보며 물었다.

"그래! 바보야! 너도 이젠 다 컸는데 아직도 엄마만 찾으니. 쯧 쯧……."

완벽한 옷, 보물 무체

외팔이가 장난기가 발동한 모양이다.

짓궂게 눈웃음치며 말했다.

"아직도 엄마 힘이 필요해! 히힛."

선녀가 애교를 부렸다.

손가락으로 외팔이 겨드랑이를 가렵게 만들며.

"청이와 담이도 같이 올 거다! 그들과 같이 임무를 완수해라! 비록 100여 년 전 장비로 그들과 대적해야 하지만 우리에겐 우리들 나름대로 무기가 있잖니! 반드시 성공을 할 것이다!"

외팔이가 결연한 눈빛으로 말했다.

"네! 반드시 성공할게요!"

선녀가 장난스럽게 경례 자세로 인사를 하며 대답했다.

"그럼! 그럼! 그들이 아무리 강해도 널 이길 수는 없다! 넌 무적이다!"

외팔이가 선녀에게 용기를 주려는 것일까?

서슴없이 무적이란 단어가 튀어나왔다.

아직 현실을 몰라서.

강철과 영미 능력을 몰라서.

"그 멍청한 녀석은 어디다 쓰려고 아까운 장비만 하나 소모하고 있느냐?"

외팔이가 준석이 이야기를 하고 있었다.

준석이를 시간 낭비하고 왜 가르치느냐고 묻는 것은 이해가 되는데.

장비를 소모한다?

그 양말 같은 장비 이야기다.

"그것도 하나 남은 장비인데?"

외팔이가 다시 물었다.

"한 가지 일을 시키려고요! 제게 생각이 있어요!"

선녀가 뜻 모를 미소를 지으며 말했다.

"그래! 네게 생각이 있다니. 더 묻지 않겠다!"

외팔이가 다정스러운 표정으로 선녀를 바라보았다.

"아부지!"

선녀가 외팔이를 불렀다.

"왜?"

외팔이가 물었다.

"그냥 불러 봤어요. 히힛……!"

선녀가 장난스럽게 웃었다.

"녀석!"

외팔이가 다시 한 손을 펼쳐 선녀 어깨를 감싸 안았다.

"흠!"

선녀와 외팔이 둘이 만나는 장소에서 100여 미터 떨어진 높은 소나무 위.

영미가 뭔가 골똘히 생각에 잠겨있었다.

"저 외팔이는 천국성 사람이 아니다! 선녀란 저 여시는 천국성 사람이 맞는데……! 왜? 아빠와 딸이지?"

영미는 아무리 생각해도 이해가 가질 않았다.

영미는 둘이 나누는 대화를 다 듣고 있었다.

"하나 남은 장비라……! 소비라……! 그래 100여 년 전엔 한번 사용하면 다른 사람은 사용을 할 수 없었지! 홈…… 100여 년 전 장비라! 그건 예상했던 것인데……!"

영미가 혼자 중얼거렸다.

"건방진 것은 뭐? 무적이라고? 어째서? 그렇게 생각하지? 무엇을 믿고? 내가 보기엔 절대 저 선녀란 여시 실력은 2급 살수 정도 이상은 아니다! 저들이 말하는 청이, 담이. 그들 능력도 저 여시 이상은 아닌 것 같은데. 엄마란 여자를 믿는 것이 맘에 걸리긴 하는데……. 무적이라, 무적이라고? 오빠를 만나서 이야기를 들어 볼 필요가 있다!"

영미가 혼자 계속 중얼거리며 뭔가 골똘히 생각을 하다가 바람처럼 모습을 감추었다.

강철은 한 통의 편지를 받고 밤하늘을 가르고 있었다.

편지에는 이렇게 쓰여 있었다.

강희를 살리고 싶으면 오늘 밤 팔당댐 호수로 와라!

댐에서 가까운 호수 가운데 초록빛을 밝힌 배가 한 척 있을 것이다.

'그 배로 오거라!'

강철은 강희가 사라진 것을 알고 찾다가 지나가는 어린이가 건네준 편지를 받고 납치됐다는 것을 알았다.

강철은 무척 서두르고 있었다.

강희를 얼른 구해야 하겠다는 생각도 있었지만, 무엇보다도 감히 납치극을 벌인다는 것이 화나게 했다.

"배라. 흐흐……! 날 배 위로 오르게 해서 강희와 함께 배를 폭파해 죽이겠다……!"

강철은 빠르게 날아가면서도 적과 대처할 생각을 하고 있었다.

"물속으로 다가가면. 아마 물속에도 전류나. 다른 함정이 기다리고 있겠지."

강철은 강희를 구해 낼 계획을 생각하며 날고 있었다.

자신이 강희를 구하러 가는 장면과 적의 함정으로 당하는 장면을 생각하며 가장 쉬운 방법, 확실한 방법을 연구하기 시작했다.

"투명한 끈을 이용해서 강 건너서 강희를 잡아당기는 방법을 쓰면 놈들이 강희를 죽일 것이다!"

강철은 아직 뾰족한 수를 찾지 못했다.

틀림없는 것은 배 위에 강희가 묶여 있다는 것이다.

"배에 오르고 강희를 구해서 배에서 탈출할 때까지 적에게 노출돼선 안 된다! 흠. 좋은 수가 없나."

강철은 이런 방법 저런 방법 다 생각해봐도 확실한 수가 떠오르지 않았다.

"가장 좋은 방법은 적들이 숨은 장소를 찾아내어 순식간에 제거하는 것이다! 그러나 어디에 숨었는지 어떻게 알 수 있을까!"

강철은 납치해서 함정을 파고 배를 폭파하려는 자들이 숨은 장소를 찾는 것이 가장 좋겠다는 판단을 했다.

강철은 팔당댐에 도착을 해서 강 주위 숲속을 날며 적들이 숨은 곳을 찾기 시작했다.

소리도 없이 날아다니며 적들이 숨은 곳을 찾던 강철이 어느 순간 두 눈을 반짝거렸다.

찾은 것이다.

초록빛 불빛이 빛나는 배에서 300여 미터 떨어진 호숫가 물 위에 배가 한 척 있었다.

그 배에는 앞에 한 명 뒤에 두 명 모두 세 명이 몸을 숨기고 엎드려서 초록빛 불빛이 비치는 배를 노려보고 있었다.

"저것들을 죽여 버리면 간단한데. 문제는 저들을 죽이려면 배로 올라가야 한다는 것이다!"

강철이 난감한 표정을 지었다.

멀리서 원격 공격으로 3명을 죽이면 간단한데.

그렇게 하려면 배를 폭파해야 하는데,

"저들은 자객들이 아니다! 저들도 납치된 사람들이다! 저들을 총알받이로 사용하고 있는 것이다! 놈들이 같은 폭파 장치로 연결을 해놨다면 강희가 탄 배도 폭파할 것이다! 순식간에 3명 목숨을 끊어 놓아야 강희가 탄 배가 안전한데. 문제는 숨어있는 배의 구조다!"

강철이 중얼거렸다.

"철로 된 배라 자연스레 2명은 방어벽에 가려져 있다! 어느 방향에서도 1명 외엔 공격을 할 수 없다! 3명을 다 공격할 수 없는 구조다! 하나는 배 밑바닥에 숨어있고. 하나는 엔진 뒤쪽. 다른 하나는 앞 물통 뒤다! 교묘하게 숨어있다! 순식간에 앞에 있는 물통 뒤 놈을 제압하고 엔진 뒤로 날아 그곳에 숨은 놈을 제압하고 배 밑에 숨은 놈을 제압하는데 1초 이상을 걸려선 안 된다! 저들은 자객들이 아니다! 그러므로 죽일 수는 없다!"

강철이 어렵다는 듯 고개를 설레설레 저었다.

"1초라. 인간들이 사태를 인지하고 행동으로 옮기는 시간."

강철은 마음을 군혔다.

멀리 초록빛 불빛이 비치는 배 위에 묶여있는 강희 모습이 보였다.

"시작한다!"

강철의 몸이 희미한 그림자를 남기며 호숫가 배 위로 날아갔다.

콰콰쾅.

엄청난 폭발이 일어났다.

강철이 배로 오르는 순간 한 치 오차도 없이 호숫가 배가 폭발해버렸다.

푸르르.

배는 불길에 휩싸이며 조각조각 떨어져 물속으로 사라졌다.

"푸하하하……."

강희가 묶여있던 배에서 2명의 남자가 날아와 호숫가에 내려서며 통쾌하게 웃었다.

"푸하하…… 생각이 많은 놈은 자기 꾀에 자기가 넘어가는 법이지! 푸하하하……."

곱상하게 생긴 남자가 말했다.

"이렇게 간단한 것을……."

턱수염 남자가 말했다.

"그래도 시체는 찾아야 하겠지! 확인은 해야 할 것 아냐!"

곱상하게 생긴 남자가 폭파되어 물속으로 사라진 배가 있던 물 위를 날아다니며 뭔가 찾으려고 노력했다.

"가루가 됐을 것이네! 얼른 떠나세! 폭발 소리에 근처 군인들이 확인하러 달려오기 전에!"

턱수염 남자가 말했다.

"푸하하하…… 그래! 가자!"

곱상하게 생긴 남자가 호숫가 숲으로 날아가며 말했다.

턱수염 남자도 숲속으로 날아가 버렸다.

잠깐의 시간이 흐르고.

"여기 같은데."

영미가 나타나서 주위를 살피기 시작했다.

"똑똑한 줄 알았더니 바보! 그래 당했단 말이지! 킥킥."

영미가 생글생글 웃더니 물속으로 한 마리 물고기처럼 들어갔다.

다시 잠깐 시간이 흐르고.

푸우.

물보라를 일으키며 영미가 물속에서 날아올랐다.

옆구리엔 축 늘어진 강철을 안고.

휘잉.

한 가닥 바람이 일고.

영미 모습은 보이지 않았다.

초록빛 불빛이 비치는 배 위엔 여전히 강희가 묶여 있는데.

휘이잉

회오리바람인가.

먼지가 회오리를 일으키며 한 바퀴 돌더니 강희 모습도 사라져 버
렸다.

2033년 지구 이야기

정보부 집무실.

뚱뚱한 남자는 전화로 보고를 받고 있었다.

"뭐? 같은 반 친구 유정이란 학생의 이모네 집에 다들 몰려갔다고? 그 이모에 대해서 정밀하게 알아봐. 하나도 놓치지 말고 꼼꼼히. 신속하게. 그리고 요원들 배치해. w에게 위해가 되면 치워 줘야 하니까."

뚱뚱한 남자는 담배를 한 모금 깊이 빨고 다시 말을 이어갔다.

"여수 지부에서 인원 보충 받아서 만약의 사태에 대비하고. 전원 총기 휴대하라고 해. 뭐? 그 애들이 그냥 소녀들이냐? 야. 지구에서 가장 뛰어나다는 해결사 소녀야. 너희들 100이 있어도 그 소녀가 따돌리려면 식은 죽 먹기라는 걸 알아야지. 특히 그 소녀와 동행하고 있는 지수라는 그 소녀는 아무래도 요녀 같다는 보고가 있으니 더욱 조심하고. 물론 그 소녀가 요녀라면 너희들 100이 무슨 소용이 있겠나. 섣불리 나서지 말고 무슨 일이든 보고하고 명령을 받고 움직이도록. 알았으면 조심하고."

전화로 보고를 하는 사람이 뭔가 질문을 하는 모양이다.

"마. 시리아에서 일개 대대 병력을 무장해제 시킨 요녀야. 그 대대 병력을 무장해제 시키는 데 걸린 시간이 고작 30분이야. 그건 세계 정보기관을 기절시킨 사건이고. 그 정도로 대단한 소녀니깐 조심하라는 거야. 호승심에 나섰다간 바로 시체가 될 테니깐."

뚱뚱한 남자는 다시 담배를 깊게 빨아서 뿜어내고 핸드폰을 들고 말을 이어갔다.

"아, 물론 요녀는 절대 살인을 하지 않아. 아직 단 한 건도 보고되지

완벽한 옷, 보물 무체

않았어. 살인은. 다만 평생 불구로 만들어서 탈이지. 살인을 하는 것은 악녀로 보고됐는데…… 혹시 악녀인가? 흠…… 철저히 조사해봐."

뚱뚱한 남자는 전화를 끊고 핸드폰을 소파에 집어 던졌다.

"젠장. 요즘은 정보가 엉망이야. 너무 헤이해졌어. 정신 상태들이 썩어서 뛰질 않아. 그러니 외국에 비해 정보가 뒤떨어지지. 밥만 축내는 밥벌레가 다 됐어. 이런 상황에서 선녀는 또 뭐야? 아무래도 뭔가 일이 꼬이는 느낌이야. 선녀는 뭐고. 신은 또 뭐고. 그 소녀가 탐정 w는 맞긴 하나? 도무지 집중이 안 돼."

뚱뚱한 남자는 투덜거리며 담배를 입에 물고 집무실을 나가 버렸다. 그런데……

조그만 바퀴벌레가 소파로 기어 올라가 뚱뚱한 남자가 신경질적으로 집어 던진 핸드폰 위로 기어 올라가는 것이 아닌가. 핸드폰은 켜져 있는데……

바퀴벌레는 핸드폰 위에서 빠르게 움직이고 있었다.

사진은 물론 파일과 전화번호들까지 모두 어느 곳으로 전송하고 전송한 흔적을 지운 다음 다시 소파 밑으로 사라졌다.

어느 공간.

"영후님! 유유가 할 수 있을까요?"

보군이 걱정스러운 표정으로 물었다.

"보군. 걱정 마시지요. 민군도 있고. 유유의 두 제자도 있으니 충분할 겁니다. 걱정스러우면 보군의 사촌 용군을 보내시던가요."

영후가 말했다.

"용군을요? 아하! 그러면 충분하겠네요. 좀 사납고 거칠고 무지막지해서 그렇지. 용군을 이길 상대가 어디 있겠어요."

보군은 자신의 머리를 손가락으로 톡톡 치며 뭔가 깨달은 표정이다.

"함부로 죽이는 습관이 있어서 그렇지. 이번엔 그 습관도 쓸모가 있을 겁니다. 함부로 죽여도 되니깐 말이죠. 성질대로 하라고 보내세요. 인간들은 우리들이 사육하기 좋은 정도가 지능이 200 미만이죠. 요즘 이상하게 바이러스도 그렇고 인간들도 그렇고 우리들 영역을 넘볼 정도로 위협적인 존재들이 많아요. 병제께선 신경 쓸 것 없다고 하시지만 위협이 되는 존재들은 애초에 싹을 잘라야죠. 그렇다고 그들 영혼이 더 우리 몸에 좋은 것도 아니고요. 만약 좋다면 위험을 무릅쓰고 길러 보겠지만."

영후가 말했다.

"하하하…… 용군이 무척 좋아하겠네요. 그럼 전 얼른 가서 용군을 보내겠습니다."

보군은 말을 마치고 연기처럼 사라졌다.

"암! 싹을 잘라야지. 병제께서도 이해를 하실 거야. 가서 보고는 드려야지."

영후는 뭔가 난처한 표정으로 자리는 떠났다.

헨리는 혼자 강가를 걷고 있었다.

헨리의 눈엔 강물에 영미 얼굴이 어른거린다. 하늘을 쳐다보면 달에 영미 얼굴이 어른거린다.

"헤헤…… 내가 왜 이러지. 정말 세상 모든 것이 영미 얼굴로만 보이니."

헨리는 스스로 자신을 자책하고 있었다.

완벽한 옷, 보물 무체

"앗. 또 그 영미 조카 체향이다."

헨리가 깜짝 놀라며 주위를 두리번거렸다.

쪽.

소리가 나며 헨리는 그만 땅바닥에 주저앉아버렸다.

"헤……!"

헨리는 자신의 입술을 손으로 만지며 얼이 빠졌다.

"영미 조카가 내 입술에 뽀뽀를 했어. 너무 좋아. 헤……."

헨리는 입술을 손으로 감싸며 일어섰다.

"절대 닦지 않을 거야. 그래! 영미 조카가 날 사랑하는 것이 맞아. 나도 이제 영미 조카를 좋아해야지. 헤……."

헨리는 얼빠진 모습으로 두 손으로 입술을 감싸고 천천히 걸어서 멀어져갔다.

"차린 것은 없지만 맛있게들 먹어라."

유유가 음식을 차려놓고 유정이와 밖으로 나가며 말했다.

"이모님과 유정이는 어딜 가세요?"

하나가 이미 다 알고 있으면서 묻는다. 신들은 영혼만 흡수를 하지 인간들처럼 음식을 먹지 못한다.

"응. 이모님과 난 잠시 다녀올 곳이 있어."

유정이가 대신 대답했다.

"잘 먹을게요."

더 이상 대화를 하고 싶지 않은 수민이가 얼른 말을 했다. 이미 다 알고 있는데 자꾸 대화를 하다가 혹시 실수라도 해서 하나가 정체를 노출할 것이 염려된 것이다.

"와! 반딧불이다."

이영이 유정이와 유유가 나가면서 문을 열자 밖을 내다보고 소리쳤다. 어두워진 밖엔 수많은 반딧불이 날아다니고 있었다. 하나와 수민이도 밖을 내다보는데 표정은 상반되었다. 하나는 아름답다는 표정이고. 수민이는 뜻 모를 미소만 짓고 있었다. 하얀 옷을 입은 유유의 등 뒤로 반딧불이가 날아와 앉더니 옷 속으로 들어가 버렸다. 몸에 불까지 끄고.

"맛있다."

이영이 배가 고팠는지 허겁지겁 밥을 먹으며 말했다. 수민이는 밥을 먹으며 지수에게 눈짓을 보냈다. 순간 지수의 손끝이 빠르게 움직여 하나의 등 뒤를 살짝 눌렀다. 아는지 모르는 하나 역시 배가 고팠는지 열심히 밥을 먹고 있었다. 다만 지수는 가끔 물만 조금씩 마시고 있었다. 그런 지수의 귓속으로 수민이의 음성이 들렸다. 역시 아무도 듣지 못하게 지수에게만 전하는 소리였다.

"유유와 유정이 대화를 들으니 너보다 강한 신이 오고 있대. 신들 세계에서도 톱으로 손꼽히는 난폭자라나. 이름이 용군이라고 하더라. 아마도 두 시간 후면 도착할 것 같아. 너와 하나는 여길 떠나. 함정은 벗어나기 쉽지만 그런 강한 상대를 만나면 넌 죽어. 내가 도울 수도 없으니…… 무엇보다 아직은 저들 약점을 몰라서 싸울 수가 없어. 네가 떠나는 즉시 네 흔적을 잠시 지워둘게. 그동안 너를 낚으려는 그 할머니와 친해지도록 해."

지수는 고개를 끄덕이며 수민이 귓속으로 한마디 전했다.

"조심해요."

존댓말이다. 수민이는 지수에게 미소로 답했다.

"으으……."

갑자기 하나가 고통스러워한다.

"왜 그래?"

수민이가 얼른 묻는다.

"체했나 봐."

하나가 고통을 참으며 말했다.

"내가 병원에 데리고 갈게."

지수가 얼른 하나를 안고 밖으로 나갔다.

"무슨 일이야?"

마치 밖에서 감시를 하고 있었던 것처럼 유유가 길을 막고 물었다.

"이모님 하나가 급체를 했나 봐요. 얼른 병원에 데리고 가야겠어요. 금방 다녀올게요."

지수가 말을 하며 빠르게 뛰어갔다. 유유와 유정이가 당황하며 지수를 막으려고 하자 얼른 수민이가 나서서 말했다.

"금방 올 거예요."

수민이 말에 잠시 머뭇거리던 유유가 유정이에게 말했다.

"너도 따라가 봐. 친구가 아프다는데. 병원도 같이 가주고."

유유는 주머니에서 카드를 내주며 유정이에게 눈짓을 했다. 누가 보면 마치 치료비를 위해 따라가는 것처럼 보이려는 수작인데, 이미 지수 모습은 보이지 않았다. 그러나 유정이와 유유에겐 지수를 따라가는 것은 식은 죽 먹기다.

"네, 이모. 다녀올게요."

느긋하게 움직이는 유정이. 허나 수민이 입가에 비웃음이 잠시 비쳤다.

휘잉.

갑자기 한 무더기 바람이 지나가고. 비릿한 바다 냄새가 코를 스쳤다.

"유정아 부탁한다."

저만큼 걸어가는 유정이에게 수민이가 소리쳤다. 유정이는 걱정 말라는 손짓을 하며 어둠 속으로 사라졌다.

음식을 다 먹은 이영은 이미 꿈나라로 가고. 수민이는 혼자 방에서 잠자리에 들고 있었다.

해변에선 유유와 유정이가 격양된 음성으로 대화를 나누고 있었다.

"놓쳤다고?"

유유가 믿을 수 없다는 투로 물었다.

"네! 흔적을 찾을 수가 없어요. 지수 몸에 뿌려놓은 향이 사라졌어요. 인간들이 쓰는 위치 추적기도 바닷가에 떨어져 있었어요. 흑."

유정이가 울먹이며 말했다.

"괜찮아, 괜찮아. 다시 찾으면 되겠지. 내일 수민이를 따라가면 만나게 되겠지. 그러니 너무 속상해 말거라."

유유가 말을 막 마칠 때.

"뭐라고? 놓쳤어?"

언제 나타났는가. 마치 장비를 연상케 하는 수염에 커다란 덩치의 남자가 유유 뒤에서 걸어오며 물었다.

"어서 와. 용군. 그렇게 됐어. 미안."

유유가 난처한 표정으로 말했다.

"아직 있는 인간이 있지?"

용군이 물었다.

"있지. 수민이라고 보군 모친 병환을 위해 기르는 아이 누나지."

유유가 대답했다. 유유의 말을 들어보면 수민이 동생 헨리가 바로 보군이 모친 병환 치료를 위해 정자를 이식시켜 키우는 인간이란 소리인데.

"그래? 그 아이에게선 수상한 것은 발견 못했고?"

용군이 의심스러운 표정으로 물었다.

"수상한? 흠…… 그러고 보니 뭔가 수상해. 아프다는 친구를 병원으로 데리고 가는데 자신은 전혀 갈 생각도 없고. 특히 지수라는 아이를 따라가는 유정이를 보는 입가에 잠시 비웃음이 보인 것 같았거든."

유유가 고개를 갸웃거리며 말했다.

"또? 이상한 행동은 없었어?"

용군이 다시 물었다.

"그 앤 아니에요. 제가 손을 잡아 봤는데 아무런 능력도 없었어요."

유정이가 얼른 끼어들며 대답을 했다

"민군이 그렇다면 그렇겠지. 그래도 뭔가 찝찝해. 더 이상한 구석이 없었나 생각해봐."

용군은 다시 물었다.

"흠…… 너무 모르는 것 같은 것이 이상하다고나 할까. 관심이 없는 건지. 민군과 내가 음식을 먹지 않고 나오는데도 전혀 이상하게 생각을 안 하는 눈치였어. 마치 우리를 아는 것처럼. 우연일까?"

유유가 고개를 갸우뚱하며 용군을 바라본다.

"가만. 쉿."

갑자기 용군이 입을 손가락으로 막는 시늉을 하며 유유 등 뒤로 손을 가져갔다. 유유는 잠시 몸을 움츠리다가 용군이 하는 행동을 지켜봤다.

용군이 유유 등 뒤에서 손에 뭔가를 쥐고 유유에게 퍼 보였다. 조그만 벌레가 용군 손바닥에 있었다. 용군이 갑자기 손에 힘을 줬다. 벌레는 스파크를 일으키며 부서졌다.

"이게 뭐예요?"

유정이가 물었다.

"인간들이 남의 말을 엿듣기 위해 만든 도청 장치다."

용군이 말했다.

"누가 이걸?"

유정이가 물었다.

"지수겠지. 우리말을 엿듣고 용군이 온다는 것도 알고 도망친 것이다."

유유가 말했다.

"아닐 수도 있어. 지금 잠자고 있는 수민이라는 아이를 살펴봐야겠어."

용군이 말을 마치고 집을 향해 걷기 시작했다.

"그 아이를 다치게 하면 안 돼. 보군 어머님께 쓸 약이 문제가 생길 수도 있어. 누나를 잃은 슬픔에 자살이라도 하면 큰일이니깐. 절대 건드리지 말라는 병제님 지시니깐 명심해."

유유가 뒤따라오며 말했다.

"살펴만 볼게. 문제가 있으면 병제님께 나중에 보고를 하더라도 그냥 콱."

완벽한 옷, 보물 무체

용군이 수민이를 죽이겠다는 시늉을 손으로 하며 걸어갔다.

"저놈의 성질 누가 말려."

유유가 모르겠다는 투로 유정이를 데리고 바닷가로 걸어가고 용군만 씩씩거리며 수민이가 잠든 방으로 향했다.

"그런 거였어. 이제 알겠어. 헨리를 태어나게 했던 것들이 저 신이란 것들이야. 영미 그 사람이 내게 하려던 말이 이거였어. 그들이 헨리를 만든 거나 다름없다고. 그리고 다행인 것은 어머니가 바람피운 것이 아니었어. 아빠는 늘 가슴속에 의구심을 품고 계셨는데. 어머니 몰래 정관 수술을 했는데. 어찌 헨리가 태어났나 하면서 말이야. 말은 안 했는데 난 이미 아빠 마음속을 다 읽고 있었지. 그런 거였어. 헨리를 약으로 쓴다고? 절대 그렇게는 안 될 거야. 헨리는 내 동생이니깐. 너희들이 신이라고? 그럼 난 이제부터 너희 신들과 싸워주지. 아주 재미있는 상대가 되겠어."

수민이는 이미 반딧불이 모양의 도청 장치가 발각되어 부서지기 전에 들을 건 다 듣고 말았다.

"상처가 곪기 전에 얼른 아빠에게 알려줘야지."

수민이는 핸드폰으로 아빠에게 전화를 걸었다.

"아빠! 사실은. 이곳에서 알게 된 것인데."

수민이가 아빠에게 헨리가 태어난 사실을 이야기했다.

"허허…… 이미 알고 있었단다. 그들은 신이 아니고 야두리혁이란 악마가 만든 인조인간들이란 것도 알았단다."

수민이 아빠는 이미 모든 것을 알고 있었다.

"아니! 그걸 어떻게?"

수민이가 오히려 놀라 물었다.

"어느 여신께서 가르쳐 주셨단다."

수민이 아빠는 무척 존경스러움이 가득한 말투로 그렇게 말했다.

"혹시 그 여신이란 분이 어떤 분이신데요?"

수민이는 혹시나 하는 생각에 물었다.

"아주 예쁜 여신이지. 이름이 영미라 했지."

수민이는 아빠 대답에 무척 놀랐다.

"어떻게 그분을 만났어요?"

수민이가 다시 물었다.

"너를 만났다고 하시며. 너를 제자로 기르고 싶다고 허락을 해달라고 하셔서 내가 오히려 고맙다고 했지. 엄마도 허락하셨단다. 그러니 그분 제자가 되렴. 아빠가 보기엔 우리 식구들이 다 모여도 그분 옷깃도 건드리기 어렵겠더구나. 정말 그렇게 강한 분이 있다는 것을 처음 알았다. 엄마도 나도 그분이 신이란 것을 조금도 의심치 않는단다."

수민이 아빠는 그렇게 말했다. 수민이는 무척 좋았다. 영미가 자신을 제자로 삼겠다고 했다는 것이 너무 좋았다.

"아빠! 저도 그분 제자가 되고 싶었어요. 헌데 지금 지구인들이 신이라 하는 그 인조인간들 소굴에 있어서 긴 통화를 못 해요. 다시 연락 드릴게요."

수민이는 서둘러 통화를 종료했다. 그리고 입가에 미소를 띠고 누웠다.

"이제 나에게 오겠지. 나를 시험하려고. 허나 용군 너를 기다리고 있었다. 네가 내 손을 만지는 그 순간 나의 새로운 개발품을 묻히고 돌아갈 것이야. 흐흐…… 오고 있군. 잠이나 자야지."

수민이는 쌔근쌔근 숨소리를 내며 잠들었다. 자는 척하는 것이 아니라 정말 잠들어 버린 것이다. 잠든 척하는 것이야 용군 정도 되면 모를 리 없다고 판단하고 그냥 잠들어 버린 것이다.

마치 연기가 스며들 듯 방 안으로 스며든 용군은 기척도 없이 잠든 수민이를 내려다보았다.

"허…… 정말 세상모르고 잠들었군. 마치 보통 인간 그 이상도 이하도 아닌 아인데 왜 이렇게 신경이 쓰이지. 아무튼 왔으니 확인은 해야지."

용군은 자신의 손을 내밀어 잠든 수민이 손을 슬그머니 잡았다.

"흠…… 정말 아무것도 없다. 그냥 보통 아이야."

용군은 수민이 손을 잡았던 자신의 손을 거두고 다시 방에서 연기처럼 사라졌다.

헌데 용군이 나가고 창문으로 복면을 한 남자가 들어왔다. 손에는 시퍼렇게 날이 선 칼을 들고. 남자는 천천히 수민이에게 다가와 칼로 수민이 목을 향해 힘껏 내려쳤다.

수민이는 전혀 모르는 듯 깊이 잠들어 있었다.

남자의 칼은 수민이 목에서 겨우 1밀리 정도 남기고 멈추었다.

"진짠가. 아무것도 모르는, 그냥 인간인가."

남자는 고개를 갸웃하더니 연기처럼 사라졌다.

남자가 사라지자 잠자던 수민이 입가에 미소가 살짝 번지더니 눈을 떴다.

"흠! 인조인간인지 신인지 그 존재들도 별것 없군! 마치 하는 행동들이 인간들과 같아. 나를 시험하려면 마음까지 살의를 품고 죽이는 행동을 해야지. 전혀 살기가 느껴지지 않는 행동으로 나를 시험하다니. 바보들. 이제 인간을 사육한다는 신들이란 존재에 대해 대충 알았으니 나도 슬슬 반격을 시작해야지"

수민이는 핸드폰을 열었다. 폰에 들어온 사진과 파일 정보들을 살피며 수민이는 입가에 미소를 지었다.

"정보부라는 자들이 자신의 정보를 이렇게 허술하게 관리하면 되나. 뭐 내가 아는 것 외에 특이한 것도 없긴 한데. 왜 나를 노리지. 내가 요녀란 것을 대충 눈치를 챈 것 같은데. 시리아에서 대대 병력을 무장해제 시킨 사건까지 알고 있는 것을 보면 나에 대해서 많은 정보를 갖고 있어. 다만 아직은 의심하는 단계지만 조심해야지. 내 정체가 들어나면 안 되니깐."

수민이는 배시시 웃는다.

준석은 이제 1단계를 마치고 선녀와 함께 집으로 돌아왔다.

집을 나간 지 꼭 3일 만이다.

"준석아! 이게 무슨 꼴이냐? 얼굴은 왜 이렇고? 온통 상처투성이잖아!"

준석이 어머니는 3일 만에 돌아온 아들이 온통 상처투성이로 돌아오자 금방 울음을 터뜨릴 표정이다.

"엄마! 나 선녀 누님한테 하늘을 날아다니는 걸 배웠어! 히힛……!"

준석은 3일 동안 선녀와 함께 무악산에서 하늘을 날 수 있는 수련을 했다는 것을 설명했다.

단 양말 같은 장치 이야기만 빼고.

완벽한 옷, 보물 무체

"정말?"

준석이 어머니는 못 믿겠다는 표정이다.

준석이 어머니는 옆에 있는 선녀를 바라보았다.

사실이냐고 묻는 듯.

선녀는 옆에서 다람쥐와 철설모만 만지며 전혀 신경을 쓰지 않았다.

준석이 어머니와 준석이 대화는 안 듣는 모양이다.

"나와 보세요! 보여 드릴게요!"

준석이 오른손으로 어머니 왼 손목을 잡고 어린아이처럼 당기고 있었다.

준석이 어머니는 마지못해 일어서서 밖으로 준석이를 따라 나갔다.

밖으로 나오자마자 준석은 어머니 손을 놓고 훌쩍 날아 연못 위를 지나 나무 위로 날아갔다.

"어, 어!"

준석이 어머니는 마치 벙어리처럼 말을 못 하고 입만 벌리고 있었다.

준석은 신이 나서 나무에서 담장 위로 날아 이리저리 날다가 어머니 옆으로 날아내렸다.

"와! 우리 준석이가 하늘을 날다니! 이게 현실이냐? 믿어지지 않네!"

준석이 어머니는 도무지 믿기지 않는 표정이다.

아니 너무 놀라서 멍해졌다.

"이거 배우느라고 떨어지고 나무에 긁히고 상처투성이가 됐어요! 히힛……!"

준석이 마치 어린아이처럼 신나서 떠들기 시작했다.

어딘가?

계곡물이 졸졸 흐르고.

돌다리가 3개 놓여있다.

그 돌다리를 건너면 나무와 진흙으로 만든 초가집이 한 채 있었다.

방문이 두 개다.

나무 문이 하나 있고 초가집 앞에 작은 헛간이 하나 있다.

방 두 개에 부엌. 헛간은 화장실 같다.

초가지붕 위로 높이 솟아있는 통나무 굴뚝에선 모락모락 연기가 피어오르고 있었다.

머리 어둠이 깔리기 시작하는 늦은 저녁이었다.

부엌에서 가까운 방.

아랫방이라고나 할까.

그 방문 앞에 신발이 4개가 있었다.

남자 구두가 한 짝 있고.

여자 구두 한 짝과 운동화가 두 짝이 있었다.

방안엔 미모의 30대 여인과 15~16세 정도의 소녀와 소년이 있었다.

너무도 귀여운 소년 소녀다.

금발에 눈이 큰 소년은 한국인 같지는 않았다.

긴 검은 생머리에 알맞은 눈.

아담한 코.

어딘지 평범한 용모의 소녀이지만 무척 귀여워 보였다.

그 3명 앞에는 외팔이.

완벽한 옷, 보물 무체

선녀 아버지가 앉아 있었다.

"이 아이가 청이 입니다!"

선녀 아버지가 긴 검은 생머리 소녀를 가리키며 말했다.

"이 아인 담이라 합니다!"

금발 머리 소년을 가리키며 선녀 아버지가 말했다.

"네! 전 정아라 불러 주십시오!"

30대 여인이 공손히 자신을 소개했다.

"먼 길 오시느라 고생하셨습니다!"

선녀 아버지가 공손히 인사를 했다.

"이 아이들은 공업문 비밀 무예를 몇 단계까지나 익혔나요?"

정아라고 소개를 한 30대 여인이 두 소년 소녀를 가리키며 선녀 아버지에게 물었다.

"청이는 이제 7단계까지 익혔고요. 담이는 12단계까지 마쳤습니다!"

선녀 아버지가 대답했다.

"헉……! 12단계까지요?"

정아는 못 믿겠다는 듯 반문했다.

"네! 담이는 인도에서 데리고 온 아이인데 타고난 체질과 천재입니다!"

선녀 아버지가 자랑스럽게 말했다.

"놀랍군요! 저도 12단계까진 27살이 돼서야 마쳤는데."

정아가 담이 몸을 이리저리 만져보며 고개를 끄떡거렸다.

"타고난 체질이 맞네요! 아무튼 수고하셨습니다! 문주께서도 기뻐하실 겁니다!"

정아가 환한 표정으로 말했다.

"청이와 담이는 공주님께 보내려고 했는데 아직 공주님 정체는 드러내면 안 되니까 정아님께 맡기는 겁니다!"

선녀 아버지가 말했다.

"알겠습니다! 이제 1단계 작전을 시작할 겁니다!"

정아가 말했다.

"네! 기대하고 있겠습니다!"

선녀 아버지가 말했다.

그때였다.

방문이 활짝 열리며 두 사람이 들어왔다.

30대 남자 두 명.

바로 강철을 노리는 1급 자객들.

"뭐냐?"

선녀 아버지가 금방 공격할 자세를 취했다.

"제 친구들입니다!"

정아가 얼른 말했다.

"죄송합니다! 이거 실례를 범했군요!"

두 30대 남자들은 동시에 고개를 숙이며 말했다.

"아! 아닙니다! 앉으십시오!"

선녀 아버지가 반갑게 맞이했다.

"무슨 일이야?"

정아가 물었다.

"우리가 드디어 성공했다!"

곱상한 30대 남자가 말했다.

완벽한 옷, 보물 무체

너무도 자랑스럽게.

"무엇을?"

정아가 물었다.

뜻 모를 미소를 입가에 머금고.

"강철을 해치웠다!"

턱수염 남자가 말했다!

"뭐? 어떻게?"

정아가 놀라는 표정으로 물었다.

여전히 입가엔 미소를 머금고.

곱상한 30대 남자는 강희 납치에서부터 배를 폭파하기까지 자랑스럽게 이야기했다.

"멍청한!"

정아가 비웃음을 흘리며 말했다.

"뭐? 뭐라 했어? 멍청하다고? 우리가?"

곱상한 30대 남자는 이해를 할 수 없다는 표정으로 반문했다.

"멍청이들이라 했다! 너희들이 그렇게 멍청한 줄 몰랐다! 그러면서 어떻게. 비밀단에 들어갔지? 황제의 호위를 맡은 너희들이 그렇게 바보일 줄은."

정아가 실망했다는 표정으로 말했다.

"푸하하하……!"

갑자기 선녀 아버지가 웃었다.

"……!"

두 30대 남자들은 무척 기분 나쁜 표정으로 선녀 아버지를 노려보았다.

"푸하하하…… 천하무적 강철을 그까짓 폭발로 죽였다고 하십니까?"

선녀 아버지가 한심하다는 투로 말했다.

"뭐요? 당신이 뭘 안다고 그렇게 말하시오? 뭐 천하무적? 누가? 강철이? 지금 장난하시오?"

턱수염 남자가 무척 화난 표정으로 소리를 질렀다.

금방이라도 선녀 아버지를 때릴 자세다.

"멍청아! 내 이야기를 잘 들어!"

정아가 화난 표정으로 말했다.

"……!?"

두 30대 남자들은 모두 정아 입만 바라보고 있었다.

절대 정아가 농담을 할 여자가 아니기에.

자신들 보고 그렇게 화난 표정으로 멍청이라 부르긴 처음이기에 뭔가 잘못됐다는 것을 직감적으로 느꼈다.

"천국성 3대 보물이 있는데 모두 옷이다! 그 옷이 무엇인지 아느냐?"

정아가 두 남자에게 물었다.

"아니!"

두 남자들은 첨 듣는 소리다.

"하나는 어떤 무기나 충격으로도 옷을 입은 사람을 보호해주는 경진(경진이란 공업문 6대 문주께서 만든 옷이라 해서 그분 이름을 붙였다). 그 옷은 지금 공주님께서 입고 계신다! 둘째, 모든 독과 모든 충격으로부터 주인을 보호해주는 완체(옷과 양말, 장갑, 면포). 4종 한 벌. 가장 최근에 만들어진 과학의 집대성. 그 완체를 강철이 착용하고 있다! 그러므로 강철은 어떤 충격으로도 죽지 않는다! 알겠느냐?"

정아가 말했다.

"뭐라고? 어찌 그런 옷이? 그럼 어떻게 죽여?"

두 남자는 도무지 믿지 못하겠다는 표정이다.

"그럼 나머지 하나 보물은 뭔데?"

곱상한 남자가 물었다.

금방 놀라움을 극복하고 현실을 받아들이는 것이 여간 침착한 성격이 아니었다.

"무체(無體)라 불리는 것으로 누가 언제 만들었는지 어떻게 생겼는지 본 사람도 없지만 천국성 제일 보물이라고 부르는 보물인데 그걸 착용하면 절대 늙지도 죽지도 않는다고 알려져 있다!"

정아가 말했다.

선녀 아버지는 알고 있다는 듯 고개를 끄떡거렸다.

"세상에 우린 왜 그걸 몰랐을까! 그런 보물이 있다는 소리도 첨 들었는데."

턱수염 남자가 고개를 설레설레 흔들며 말했다.

"그렇다면 정아 네 생각은 뭐냐? 어떻게 할 생각인데?"

곱상하게 생긴 남자가 물었다.

"저어……."

지금까지 조용히 앉아있던 담이가 말했다.

"뭐냐?"

곱상하게 생긴 남자가 신경질적으로 물었다.

"그 완체를 벗게 만들어야지요!"

담이가 초롱초롱한 눈을 반짝 빛내며 말했다.

"벗게? 만들어? 으하하하⋯⋯ 그 녀석 말이 맞네. 맞아! 으하하하⋯⋯."

곱상한 남자가 담이 머리를 오른손바닥으로 쓰다듬어주며 호탕하게 웃었다.

"무슨 말이야?"

턱수염 남자가 이해를 할 수 없다는 표정으로 물었다.

"으하하하⋯⋯ 저 멍청이! 남자가 옷을 언제, 왜 벗을까? 으하하하⋯⋯!"

곱상하게 생긴 남자가 호탕하게 웃었다.

"멍청이들⋯⋯!"

정아가 발끈해서 소리쳤다.

"두 놈 다 멍청이네! 남녀관계나 목욕을 할 때도 착용할 수 있는 것이 완체다. 왜 완체라 하는지 이제 알겠냐? 더군다나 강철을 유혹해도 절대 유혹에 넘어갈 강철이 아니다! 멍청이들⋯⋯."

정아가 말했다.

"뭐? 그렇다면⋯⋯ 어떻게?"

곱상한 남자가 담이 얼굴을 보며 물었다.

"⋯⋯!"

담이는 말 없이 정아와 눈을 맞췄다.

정아가 대신 이야기 하라는 뜻이다.

"독이다!"

정아가 짤막하게 말했다.

"독? 독을 써도 죽지 않는다며?"

곱상한 남자가 이해할 수 없다는 표정으로 물었다.

"웅! 독을 써도 강철을 죽일 수는 없다! 하지만 절항독은 다르지."

정아가 말했다.

"절항독? 그건 사람을 해치는 것이 아니라 냄새만 지독한 것으로 아는데?"

곱상한 남자가 물었다.

"그렇지! 첨엔 무색무취지만 한번 오염되면 그 냄새가 아주 오랫동안 지속되지! 완체라고 해도 그 냄새는 오염될 거야! 그럼 벗어서 냄새를 제거하고 입어야겠지?"

정아가 미소를 지으며 자신 있게 말했다.

"우아! 그런 생각이?"

턱수염 남자가 탄성을 질렀다.

"허나……! 한가지. 無體를 착용한 사람이 있으면 그 작전도 소용이 없지요!"

선녀 아버지가 말했다.

"네? 그건 왜 그렇죠?"

곱상한 남자가 물었다

"無體는 자신의 냄새를 지우는 기능이 있기도 하지만 근처. 약 사방 오리정도 넓은 지역의 냄새까지 지울 수 있는 기능이 있거든요! 그래서 아무리 후각이나 청각이 뛰어난 사람이라 해도 無體를 착용한 사람이 옆에 있는 것을 눈으로 안 보면 알 수 없다는 겁니다!"

선녀 아버지가 말했다.

"햐! 갈수록 놀라운 이야깁니다! 그런 보물이 있다니. 그럼 그 무체라는 것을 착용하면 미행을 당해도 모르겠네요?"

곱상한 남자가 물었다.

"그렇습니다!"

선녀 아버지가 대답했다.

"흠……!"

곱상한 남자는 깊이 뭔가를 생각하다가 두 눈이 반짝 빛났다.

"왜 그래?"

정아가 곱상한 남자를 보며 물었다.

"아, 아니야! 뭔가 꺼림직한 것이 있어서."

곱상한 남자는 더 이상 말하지 않았다.

그런 모습을 보며 정아도 고개만 갸우뚱했을 뿐 더 이상 묻지 않았다.

천국성 3대 보물.

경진.

완체完體완체.

무체無體무체.

그러나

그들이 아는 것이 과연 맞을까?

경진.

옷이다.

그러므로 목이나 팔다리에 허점이 있다.

옷을 입은 부위만 어떤 충격으로부터도 입은 사람을 보호한다.

그러나 완체(完體). 몸과 같이 하나가 되는 옷. 그 기능 역시 비밀에 싸여 있었으니. 100년 전 갑자기 나타난 보물. 누가 만들었고 어디서 나타났는지 모르지만 그 기능은 무궁무진해서 천국성 3대 보물로 꼽았다.

허나 그 완체 보물에게 비밀이 있었으니…… 그들은 알까.

無體.

3개로 분류된다.

옷처럼 입는 의체. 신체를 보호해주는 옷이다. 신체에 그 어떤 무기도, 약물도 침투를 못하게 하는 기능만 있다.

몸과 하나가 되는 무체. 몸의 질병, 물과 불과 독을 막아준다. 자신의 체취는 물론 근처의 모든 독과 냄새와 오물을 정화해주는 옷이다.

몸속에 삼켜 착용하는 옷 심체(沁體). 호흡으로 들어오는 해로운 것을 막아주고 몸을 강화시켜 몸속으로 해로운 침투를 다 막아주는 옷이다. 근처의 독과. 냄새와 오물까지 정화해주는 기능도 있다.

허나 그 무체 3개를 다 착용하면 그 신비한 기능은 역시 아무도 모른다.

그 기능 역시 신비에 싸여있을 뿐.

숲속.

시냇물 돌다리 건너.

어둠이 깊이 깔리고 있는 초가집이었다.

2033년 지구 이야기

세계 각국의 관심은 탐정 w가 누구인가 하는 것이다. 특히 한국에서 갑자기 나타나기 시작한 신이란 존재가 혹시 탐정 w와 관련이 있지 않나 하는 호기심에 수많은 기자들이 한국으로 몰려오기 시작했다.

수민이 일행은 수상한 할머니를 미행하며 어선을 타고 바다로 나갔다. 수상한 할머니를 태운 어선은 마치 따라오라는 듯 여유롭게 천천히 항해를 하고 있었다.

"점심은 꽃게라면입니다."

선장이 커다란 양은솥에 꽃게와 라면을 넣고 끓여 내왔다.

"햐! 맛있겠다."

갑자기 어디서 나타났는지. 영미가 수민이 일행에게 내온 라면을 먼저 한 그릇 받아들고 먹기 시작했다.

수민이와 하나는 멍하니 영미를 바라만 보고 있었다.

"어서들 먹어. 왜들 그래? 맛있는데!"

영미가 능청스럽게 말을 하고는 다시 열심히 꽃게라면을 먹고 있었다.

하나와 수민이를 빼고 다른 사람들은 영문을 몰라 어리둥절하는데 이영은 슬금슬금 도망을 쳐서 한쪽에 숨어 버렸다.

"캬! 맛있다."

영미가 라면 한 그릇을 다 먹고 그릇을 내려놓았다.

"바보들. 내가 왜 왔느냐 하면. 가는 곳이 너희들에겐 죽을 곳이기 때문이야. 특히 배신자까지 대동하고 가는데. 어리석기는. 마치 인생

그만 살고 싶은 생각들을 한 것처럼 안타까워서 왔어."

영미가 말을 하면서 한 손을 들어 잡아당기는 행동을 했다. 그 손끝에 이영이 발버둥 치며 허공에 끌려 나왔다.

"하나. 네가 그토록 찾던 배신자가 바로 이 아이야. 몰랐나?"

영미가 이영의 목덜미를 한 손에 잡고 하나를 보며 물었다.

"어렴풋이 의심을 했었는데, 스승님 어찌 된 거죠?"

하나가 공손히 물었다.

"혼이 없이 살아가라고 그 인조인간들이 이 아이 혼을 반만 빼놓은 것이야. 해서 바보가 된 것이지만 나를 보고 도망간다는 것은 정신은 남아 있다는 증거지."

영미가 말했다.

"그럼? 그들을 상대하려면 그 아이처럼 혼을 반은 빼야 한다는 것인가요? 그래야 그들이 인간의 혼을 흡수하지 못하나요?"

하나가 두 눈을 반짝이며 물었다.

"키득…… 아직도 그들이 신이고. 인간의 혼을 흡수해서 살아간다고 생각하나? 그런 거야?"

영미가 다시 하나에게 물었다.

"그럼 아니란 말씀이신가요?"

하나가 의아한 표정으로 물었다.

"당연하지. 신은 개뿔. 그들은 전에도 말했지만 야두리혁이란 자가 개조해서 탄생시킨 인조인간들이야. 혼천기란 무기를 이용한 무술을 발전시키는 데 필요한 것이 인간들의 혼이고. 혼원공이란 무술로 인간들의 혼을 흡수해서 그들의 무술을 발전시키는 것이야. 그래서 혼이 반쯤 나간 이영 같은 아이는 그들에겐 필요 없는 존재니깐. 혼을 흡수하지는 않지만, 언제든 그들이 죽일 수는 있지."

영미가 말했다.

"그럼 그들을 죽일 수는 없다는 것인가요?"

이번엔 가만히 있던 수민이가 나서며 물었다.

"그대는 신기하도록 뛰어난 인간. 이미 대충 알아냈을 것인데?"

영미가 오히려 수민이를 보며 되물었다.

"그들을 죽이려면 그들보다 강한 무술이나 무기가 필요한 것 같기는 합니다만? 방금 말씀하신 혼천기란 무기에 대해서 아는 것이 없어서⋯⋯."

수민이가 두 눈에 이채를 띠며 말했다

"여기 이게 혼천기란 무기입니다."

영미가 손바닥에 가느다란 뱀처럼 생긴 바늘 하나를 수민이에게 보여주며 말했다. 수민이가 손을 내밀었다. 영미는 그 혼천기란 무기를 수민이 손바닥에 건네줬다.

"그들 인조인간이 가지고 다니는 혼천기는 사악함이 깃들어 있어서 인성이 차츰 야두리혁의 명만 듣게 변하지만, 내가 넘겨준 혼천기는 그런 사악한 기운은 없앤 것이니 신비한 인간. 그대가 한번 그들을 이길 수 있는 무기를 만들어 보길 기대하겠소."

영미가 말했다.

"감사합니다."

수민이가 공손히 머리를 숙이며 감사를 표했다. 자신을 제자로 삼겠다고 부모님께 허락까지 받아놓고 아직 제자라 부르지 않아 스승님이라 부르지 못하고 영미가 주는 숙제를 열심히 풀어 보겠다는 다짐만 하고 있었다.

'그래. 이것이 제자로 받아 주려는 숙제를 주시는 것이리라.'

수민이는 그렇게 생각했다.

"이번엔 내가 잠시 동행을 해야겠어. 하나 너도 그렇고. 신비한 인간 수민이 그대도 그렇고. 죽으면 안 될 것 같아서 말이야."

영미가 말을 마치고 선실로 들어가 버렸다. 마치 피곤해서 쉬겠다는 표정을 보이며.

"라면 다 불겠어요."

선장이 말했다.

하나와 수민이 그리고 국영이와 이영도 얼른 앉아서 라면을 먹기 시작했다. 지수만 선실로 영미를 따라 들어갔다.

"키득…… 키득…… 뭐라? 아이큐가 300? 지수 언니. 다들 언니보고 그렇다는데?"

영미가 생글생글 웃으며 지수에게 물었다.

"호호…… 나도 몰라. 왜들 그렇게 말하는지."

지수도 웃었다.

"내가 보니까 지구인들이 말하는 아이큐 측정 방법으로는 아마 언니 아이큐가 300은 나올지도 몰라. 거북이 단을 3개나 먹었잖아. 거기다가 저 신비한 인간이 자기가 만든 약을 수시로 먹었을 거야. 아이큐 높아지는 약에, 강해지는 약에. 저 신비한 인간 수민이 재주는 참 많은 것 같아."

영미가 말했다.

"동생이 천국성 측정 방법으로 아이큐가 330이라고 했지?"

지수가 영미에게 물었다.

"응. 맞아."

영미가 고개를 끄떡이며 대답했다.

"내 생각인데. 동생은 아마 지구에서 측정하면 1300은 되지 않을까?"

지수가 의미심장한 표정으로 말했다.

"뭐? 이 언니가 사람 난처하게 만드네. 그런 말 어디 가서 함부로 하지 마. 다들 나를 괴물로 보게 될 거야."

영미가 호들갑을 떨며 말했다.

"강철 그분에겐 안 가 봐도 돼?"

지수가 물었다.

"가봐야지. 금방 다녀올게."

영미 모습은 흐릿해지면서 선실에서 사라졌다.

옥탑방.

강철은 자신의 옥탑방에 누워있었다.

아직 깨어나지 못한 듯.

곁에 앉아서 영미가 지켜보고 있었다.

누워 있는 강철의 모습을 무표정하게 바라보고 있었다.

"킥킥……!"

갑자기 영미가 생글생글 웃기 시작했다.

"왜? 창피해서?"

영미가 강철을 바라보며 물었다.

"일어나기가 부끄럽지?"

영미가 다시 물었다.

"이미 깨어난 것 아는데. 뭘 그래? 킥킥……!"

영미가 말했다.

"에효……!"

강철이 마지못해 눈을 뜨고 몸을 일으켰다.

"똑똑한 척은 혼자 다 하더니. 그래, 찌찌리들한테 당한 기분이 어때?"

영미가 생글생글 웃으며 물었다.

"너 볼 면목이 없다! 에효 부끄러워. 힛!"

강철이 쑥스러운 듯 웃고 말았다.

"그래도 죽음은 두려웠나 봐?"

영미가 다시 생글생글 웃으며 물었다.

"왜?"

강철이 되물었다.

"완체를 다 입고. 킥킥……!"

영미가 웃었다.

"들켰네! 그래도 충격에 잠시 정신을 잃었다! 폭발이 엄청났거든! 힛……!"

강철이 쑥스러운 미소를 지었다.

"오빠! 그래서 멍청하다는 것이야! 물속에 빠지면서 정신을 잃으면? 완체라고 숨을 대신 쉬어줄까? 하마터면 정말 죽을 뻔했잖아!"

영미가 생글생글 웃으며 말했다.

"그래! 네가 벌써 두 번째 내 목숨을 구해줬구나! 영미는 내 목숨의 은인이야! 정말 잊지 않을게!"

강철이 진지한 표정으로 말했다.

정말 고마웠던 것이다.

"그런데? 어떻게 알고 날 구해줬지?"

강철이 의문스러운 표정이다.

"내가 武神이잖아! 오빠 행적쯤은 언제라도 찾을 수 있어! 킥킥……!"

영미는 생글생글 웃으며 농담으로 대신했다.

"강희는?"

강철이 이제야 생각난 듯 영미에게 물었다.

"몰라! 구할 생각도 없었으니깐!"

영미가 입을 삐쭉 내밀었다.

토라진 표정으로.

"그, 그럼 아직도 배 위에 묶여 있단 말이냐?"

강철이 후다닥 일어섰다.

구하러 갈 자세다.

"그냥 놔둬! 오빤 바보야? 오빠가 아니라도 구할 사람은 많아! 모르겠어?"

영미가 한심하다는 표정으로 말했다.

"무슨 뜻이냐?"

강철이 어리둥절한 표정으로 물었다.

"그 여시. 오빠를 호수가 안전한 곳에 내려놓고 가보니 이미 누군가 구해갔더라! 무슨 뜻인지 알겠어?"

영미가 말했다.

"누가?"

강철이 알 수 없다는 표정이다.

"역시 멍청이 오빠라니깐! 이런 오빠를 뭐 그리 대단하다고 난리들인지 모르겠네! 킥킥……!"

영미가 생글생글 웃었다.

"알기 쉽게 설명해봐! 또 상인문 어쩌고 하려면 그만두고!"

강철이 말했다.

영미가 강희와 상인문이 연관 있다고 말하려는 것을 알았기에 미리 입막음 하는 것이었다.

"바보……! 오빠 바보야! 그까짓 완체 하나만 믿고 안심하다간 또 당할걸! 상인문은 아직 나타나지 않았어! 오빠 호위를 맡은 비밀단에서 이번 강희를 납치한 것이고. 공업문이 드디어 움직이기 시작했어! 그러니까! 이야길 해줘! 100여 년 전 소연님 실종에 관한 모든 것을."

영미가 강철의 얼굴을 빤히 바라보며 재촉하고 있었다.

"소연님 실종사건?"

강철이 물었다.

"그래! 강희는 무사히 돌아올 것이니 걱정 말고. 얼른 그 이야기나 해봐!"

영미가 다그치듯 이야기를 재촉하고 있었다.

"강희가 무사히 돌아올 것이라고? 어떻게 알아?"

강철이 영미를 보며 어리둥절한 표정을 지었다.

"영미를 못 믿어?"

영미가 되물었다.

"아니! 영미는 허풍을 떨지 않으니 믿긴 한다만."

강철이 말했다.

"그럼 그냥 믿어! 차차 알게 될 테니! 얼른 소연님 실종 이야기나 해봐! 급해!"

영미가 다시 재촉했다.

"알았다! 그러니까 100여 년 전……."

강철은 자신이 선조님들한테 들은 이야기를 하기 시작했다.

소연.

당시 태자비로 내정되어 있던 상업문의 여인.

100년 전 천국성 제일의 武神.

가장 뛰어난 무공과 무기는 물론 당시 신비롭기까지 했던 공업문 제일의 보물 경진을 착용한 여인.

그래서

천궁에서 소연을 지구로 보내 선조님들 유지를 받들게 했던 것이다.

그러나

거기엔 엄청난 음모가 도사리고 있었으니.

태자 이덕진.

그는 사랑하는 사람이 있었다.

바로 무문(武門)의 제 일인자이며 후계자인 여인 정주아.

태자 이덕진은 당시 태상황의 총애를 한 몸에 받고 있던 터라 태상황에게 졸라서 소연을 지구로 보내게 되었던 것이다.

태상황 역시 소연이 가장 적합한 인재로 생각하고 있었기에 망설이지 않았다.

완벽한 옷, 보물 무제

소연이 지구로 떠난 후.

바로 無門, 비밀문의 비밀단원이 지구로 떠났다.

모두 6명이었는데.

2명이면 소연을 상대할 수 있을 정도로 무공이 뛰어난 자들이었다.

그들은 충성심이 투철해서 절대 배신을 할 사람이 아니었다.

그리고

당시 천국성에서 가장 무서운 인간들.

武門의 7인.

일명 지옥단.

천국성 치안과 죄인 색출 처벌 등을 맡은 악명 높은 인간병기들.

그들의 손에 죽은 사람 수는 엄청났다.

크게는 역모죄와 작게는 도둑에 이르기까지 그들이 처벌이란 명목으로 죽인 사람 수는 320여 명.

그래서 붙여진 이름 지옥단.

그들이.

소연이 지구로 떠난 후 소리 소문도 없이 사라진 것이었다.

그들 개개인이 소연과 대결해도 전혀 밀리지 않을 만큼 강한 자들이었기에 소연이 실종된 것과 직접적인 관련설이 나돌았다.

그렇게 지구로 떠난 소연은 돌아오지 않았고.

소연을 호위하러 간 비밀단원 역시 돌아오지 않았다.

지옥단원 역시 그 후로 모습을 드러내지 않았다.

결국 태자비는 정주아로 결정됐고.

태자가 황제 자리에 오르자 황후가 되어 현재 황제를 낳고.

지금은 비밀문의 제8대 문주가 되어 있다.

현재 황제는 상인문의 여인 자율목과 결혼하여 아들을 낳았으나 미숙아로 태어나 몸도 허약했다.

그가 강혁.

둘째 부인 농업문의 박진경도 남자아이를 낳았는데.

그가 바로 강철이다.

강철은 무예도 뛰어나고 머리도 좋아 태상황은 물론 황제의 총애를 한 몸에 받고 있다.

현재 황제의 아들은 그렇게 둘 뿐이었다.

공주는 무려 6명.

"흠……! 그러니까! 경진이란 그 보물도 지구로 떠나서 돌아오지 않았단 이야기네?"

영미가 강철에게 물었다.

"그렇지!"

강철이 고개를 끄떡거리며 대답했다.

"알겠다! 그 계집애가 그걸 입었군! 킥킥……! 그래서 무적이라고 큰소리쳤군! 이제 알겠다!"

영미가 생글생글 웃었다.

"누가?"

강철이 물었다.

"그런 여시가 있어! 아직 조사 중이야! 킥킥……."

영미는 재미있다는 표정이다.

"그래! 영미 네가 감찰어사니깐! 알아서 하겠지만! 여긴 지구야! 네 관할이 아냐!"

강철이 말했다.

"아무렴 어때! 직업의식이 투철해야 한다고. 킥킥……."

영미가 생글생글 웃었다.

"그나저나 오빠!"

영미가 심각한 표정으로 강철을 불렀다.

"응?"

강철이 대답했다.

"완체에도 허점이 있다는 것을 잊지 마!"

영미가 생글생글 웃으며 말했다.

"허점?"

강철이 물었다

"두 가지에 허점이 있어! 하나는 불이고 두 번째는 냄새야! 에휴 목욕이나 자주 해! 퉤, 더러워서!"

영미가 장난스럽게 말했다.

"역시! 어사 눈은 속이지 못하겠군! 푸하하하……."

강철이 호탕하게 웃었다.

영미 말이 맞았다는 이야기다.

"그런데 혹시?"

강철이 영미 이곳저곳을 뚫어지게 살피며 물었다.

"엥? 오빠도 변태기가 있어! 킥킥……!"

영미가 징그럽다는 표정을 지었다.

"너? 혹시?"

강철이 계속 영미 이곳저곳을 살피고 있었다.

"그래! 맞아! 쳇! 오빠 눈은 속이지 못하겠단 말이야!"

영미가 체념한 표정을 지으며 말했다.

"맞단 말이지? 푸하하하……."

강철이 다시 호탕하게 웃었다.

"그래 맞아! 난! 오빠를 사랑해! 쳇! 이런 고백을 분위기도 없이 이렇게 하다니! 킥킥……."

영미가 생글생글 웃으며 말했다.

"그, 그게 아니고! 너! 無體를 착용했냐고?"

강철이 얼른 물었다.

"무체? 그거 난 안 먹어! 무로 만든 건 깍두기나 먹지 무채는 안 먹는다! 킥킥……."

영미가 생글생글 웃다가 갑자기 팍 사라져 버렸다.

떠난 것이다.

"강희가 오고 있어! 난 간다! 오빠! 내 이야기는 강희한테 하지 마! 했다간 오빤 멍청이라고 욕할 테니깐!"

영미 목소리가 강철의 귀로 송곳처럼 파고들었다.

"헉! 영미의 무술은 끝이 없구나. 내 눈앞에서 사라지는 것도 그렇고 이 음성은 나한테만 전달하는……."

강철이 무척 놀라워하고 있었다.

강철은 밖으로 나왔다.

강희가 온다니깐 마중 나온 것이다.

"난 강희가 오는 것도 느끼지 못했는데 영미는 이미 오래전에 느끼고 있었던 것 같다! 적어도 나보다 두 단계는 위다! 거기다가 만약

無體를 착용하고 있다면, 나 같은 것은 열 명이라도 못 이긴다! 내가 너무 자만에 빠졌던 것 같다!"

강철이 혼자 생각을 하며 옥상 난간에서 골목길을 바라보고 있었다.

"……!"

강희 모습이 300여 미터 골목길 끝에 모습을 드러냈다.

"이제 나타나는 것을 영미는 벌써 알고 있었다. 기막힌 녀석일세!"

강철은 다시 한 번 영미한테 감탄을 하고 있었다. 그러나 곧 강철의 표정이 사악하게 변했다.

"죽여야 해. 영미는 내가 죽여야 하는 인간이야."

강철은 마치 뭔가에 홀린 듯 사악한 표정으로 그렇게 혼잣말을 하며 고개를 마구 흔들었다. 그러다 다시 평온한 표정으로 돌아왔다.

잠시 멍하니 있던 강철은 옥상을 내려가기 시작했다.

강희를 마중 가는 것이다.

> 66

지구에서 불치병이라는 암, 뇌졸중, 심장질환 같은 병들은
천국성에선 이미 300년 전에 사라진 것들이지. 동물보호를
외치는 단체는 천국성에도 있어서 200여 년 전에 고기를
과학적으로 만들어 먹으며 동물들을 잡지 않았고, 동물보호를
외치는 단체는 다시 식물보호를 외치며 과일을 못 먹게 했지.
해서 과일도 과학적으로 만들어 먹게 됐어.

> 99

완벽한 옷, 보물 무체

"

그때부터 인간들에겐 엄청난 병이 찾아왔지.
피가 굳어버리는 병과 신경이 없어지는 병인데,
피가 굳어버리는 병은 연구 결과
고기를 만들어 먹은 것이 원인이고 신경이 사라지는 병은
과일을 만들어 먹은 이유로 드러났지.
그러니까 과학이란 것이 다 좋은 것은 아니야.
해서 천국성에서는 수 만 년 전에 사라진 나무를 복원시켜서
그 나무 열매에서 고기를 얻고 있어.
물론 가축도 다시 기르기 시작했고.
과일나무도 우주여행을 다니며
별들에서 좋은 묘목을 들여와 기르고 있지.
자연의 순리를 따라가는 과학이 좋은 것이야.

"

제5장

천국성의 보물 무체

탕탕탕······

우당탕탕······

굵은 빗방울이 함석으로 된 지붕 위를 요란스럽게 때리고 있었다.

쩍.

열차가 빠르게 지나쳐 간다.

매월.

역전 이름이다.

강철과 강희가 대합실에서 서성이고 있다.

비가 오기 때문에 밖으로 나가지 못하고 있는 것이다.

벌써 1시간째 그렇게 대합실에 갇혀 있었다.

대합실 긴 의자 위엔 커다란 여행용 가방이 하나 있고 그 위에 강철
이 들고 다니는 사각형 가방이 올려져 있다.

강철은 강희를 데리고 서둘러 이곳으로 왔다.

중곡동은 이목이 집중되어 불편했고 무엇보다도 강희에게 가르칠

것이 더 남아서 조용한 이곳에서 강희를 가르칠 생각이다.

이곳으로 오게 된 계기는 바로 우석 때문이다.

강철이 강희를 마중 나가고 있던 어제.

골목길에서 강희를 기다리는 사람이 있었으니 바로 우석이다.

우석은 전혀 기억을 못 하는 강희에 대하여 그간 병원에서 6번의 수술과 언니의 희생. 그리고 사라지기까지 자세히 설명했다.

그러나

강희는 기억을 못 했다.

우석은 그 이유를 누군가 병원에서 강희를 죽이려고 주사기로 투여한 약물 때문이라고 말했다.

강희 이름이 심정림이라는 것도 말했다.

강희는 기억이 없어서 믿을 수 없었지만 강철은 그간의 상황을 생각할 때 강희가 심정림이라고 단정 지었다.

우석은 중곡동이 모든 기자들과 사람들의 이목이 집중되어 있다고 이곳을 소개했다.

이곳에 우석이 삼촌이 사과나무를 심어놓은 과수원이 있는데 그곳에 빈집이 있다고 우선 거처를 옮기라고 말했다.

우석은 먼저 내려와 집수리를 해놓겠다고 했다.

대합실에 갇혀 있는 것은 비가 오기 때문이기도 했지만, 마중 나온다는 우석이 아직 안 나왔기 때문이다.

"왜? 나온다던 사람이 안 나오지!"

강철은 혼자 중얼거리며 창밖을 내다보고 있었다.

완벽한 옷, 보물 무체

"오빠! 그 사람이 우릴 속인 것 아닐까?"

강희가 오들오들 떨며 말했다.

비를 조금 맞은 것이 추운 모양이다.

"아니 그럴 사람이 아니야! 그의 태도는 진실이었어! 조금 기다려 보자! 무슨 일이 있겠지!"

강철은 강희에게 웃옷을 벗어 입혀주며 말했다.

탕탕탕……

타다다닥……

함석지붕에 떨어지는 빗방울 소리는 마치 총소리처럼 요란했다.

아침저녁으로 이곳에 정차하는 기차는 1대씩. 상행 1대, 하행 1대씩 모두 4대가 정차를 한다고 했다.

너무도 조용한 시골이었다.

기차역도 조그만 건물에 함석지붕을 씌운 것이 고작이었다.

"영미한테 이곳으로 떠난다는 말이라도 하고 올 걸 그랬나! 녀석이 잘 찾아오겠지만."

강철은 영미한테 말도 없이 온 것이 못내 미안했다.

우석이 너무 서두르기도 했지만 어제 강철의 곁을 떠난 영미는 어디로 갔는지 보이지 않았다.

30여 분.

대합실을 왔다 갔다 하며 시간이 흐른 뒤에야 우석이 검은색 승용차를 몰고 왔다.

"늦어서 죄송합니다!"

우석은 비를 맞아 옷이 흠뻑 젖어 있었다.

"오다가 차가 펑크가 나서요!"

우석은 트렁크를 열고 가방을 들어다 실었다.

강희와 강철은 얼른 자동차 뒷좌석에 올라탔다.

"옷이 다 젖었네요."

강철이 손수건을 꺼내 우석에게 내밀었다.

"괜찮습니다! 곧 도착하면 방이 따뜻할 겁니다. 음식도 준비를 해놨어요!"

우석이 자동차를 몰고 가면서 말했다.

우석이 자동차를 몰고 마을 길을 꼬불꼬불 3분 정도 가다가 조그만 고개를 하나 넘어 사과향기가 물씬 풍기는 넓은 과수원 안으로 들어갔다.

과수원 한쪽에 콘크리트로 된 하늘색 건물이 하나 있었다.

벽돌을 쌓고 미장을 해서 페인트칠을 한 단층 건물이었다.

남쪽으로 넓은 창이 있고 그 창 옆으로 알루미늄으로 된 밤색 현관문이 있었다.

건물 앞에는 후박나무가 큰 잎을 활짝 펼치고 떨어지는 빗방울을 막아주고 있었다.

우석은 가방을 들고 빠른 걸음으로 현관문을 열고 건물 안으로 들어갔다.

강희와 강철이 뒤따라 들어갔다.

건물 안에는 무척 따뜻했다.

"와! 따뜻하네요!"

완벽한 옷, 보물 무체

강희가 우석을 보고 말했다.

좋다는 뜻이었다.

"네! 새벽부터 열심히 불을 지폈어요! 여긴 장작을 때야 하거든요! 보일러 시설이 기름과 나무 공용이라서. 기름은 아직 못 넣었어요! 주문을 했는데 늦네요!"

우석이 말했다.

"아! 네! 아주 좋은데요."

강철이 말했다.

"우선 앉으세요! 시장하실 텐데! 식사부터 하시죠!"

거실 한쪽에 있는 싱크대 위에서 음식 그릇을 식탁 위에 올려놓으며 말했다.

거실은 크지 않았다.

4평 정도 직사각형을 된 거실이다.

거실 남쪽은 전면유리창이고 북쪽으로 방문이 3개 있었다.

방이 두 개 그리고 화장실 같았다.

"제가 음식 솜씨가 없거든요! 겨우 라면이나 끓일 줄 알았어요."

우석이 식탁 위에 올려놓는 것은 닭도리탕과 김치. 두 가지 반찬에 밥이 전부였다.

"이 음식도 이웃집에 부탁을 해서."

우석이 쑥스러운 미소를 지었다.

"한번 드셔보세요! 맛은 좋을 겁니다!"

우석이 말했다.

강희는 방이 따뜻하자 웃옷을 벗어 강철에게 줬다.

강철은 자신의 옷을 받아 대충 입으며 강희와 함께 식탁에 나란히 앉았다.

셋은 식탁에 앉아 늦은 아침을 먹기 시작했다.

"맛있어요!"

강희가 우석에게 말했다.

강희는 닭도리탕을 맛있게 먹고 있었다.

"많이 드세요!"

우석이 강희를 바라보며 말했다.

"으아함!"

"왜 이리 졸리지!"

강철은 하품을 하며 방바닥에 누웠다.

"피곤하신 모양이네요!"

우석이 이불을 하나 가져다 강철을 덮어주며 말했다.

"나도 졸려!"

강희도 강철 옆에 누웠다.

"이상하네. 나도 졸음이 쏟아지는걸!"

우석 역시 앉아서 꼬박꼬박 졸기 시작했다.

30여 분.

시간이 흐르고.

거실 바닥엔 우석을 비롯해 강철과 강희가 모두 깊은 잠에 빠져 버렸다.

셋이 세상모르고 자고 있을 때.

완벽한 옷, 보물 무체

현관문이 열리며 다섯 사람이 안으로 들어왔다.

"크크크…… 정아 말이 맞았어! 수면제는 완체라도 소용이 없군! 아주 세상모르고 자빠져 자는군!"

곱상하게 생긴 40대 남자가 말했다.

곱상하게 생긴 남자 뒤로 거실에 들어 선 사람은 정아와 턱수염 남자 그리고 청이와 담이었다.

"모르니까 우선 절향독을 강철에 몸에 뿌려놔! 만약을 위해서!"

정아가 말했다.

턱수염 남자가 옷 주머니에서 향수병 같은 작은 병을 꺼내 강철의 몸에 골고루 뿌리기 시작했다.

"이제 방에다 묶어!"

정아가 말했다.

"정아, 네가 대장이냐? 마치 대장 같다!"

곱상하게 생긴 남자가 웃으며 말했다.

농담을 하는 모양이다.

"그럼 내가 저것들을 들어야 하니?"

정아가 발끈해서 말했다.

"알았어! 옮기면 될 것 아냐!"

턱수염 남자가 강철 양쪽 겨드랑이에 손을 넣고 조금 들어 질질 끌며 가운데 방문을 열고 안으로 들어갔다.

방안에는 사방이 온통 나무 장작으로 벽을 이루고 있었다.

바닥에도 장작이 쌓여 있었다.

"잘 묶어!"

정아가 강희를 끌고 들어와서 강철 옆에다 놓고 말했다.

"그 완체라는 것 말이야! 그냥 벗기면 안 될까?"

곱상하게 생긴 남자가 말했다.

강철이 자고 있을 때 그냥 벗기자는 것이다.

"그러다 깨면?"

정아가 안 된다는 표정으로 말했다.

"우선 셋을 한꺼번에 묶어!"

정아가 다시 말했다.

곱상하게 생긴 남자와 턱수염 남자가 서둘러 강철과 강희, 우석을 한꺼번에 밧줄로 둘둘 감아 묶어 버렸다.

담이와 청이는 기름통을 들고 장작과 묶인 강철 일행 위에다 뿌렸다.

방 안은 온통 휘발유 냄새로 숨이 막힐 지경이었다.

밖은 아직도 굵은 빗방울이 쉬지 않고 쏟아지는데.

갑자기 하늘이 더 어두워졌다.

수많은 새들이 빗속을 뚫고 날아가고 있었다.

그 새들은 잠깐 과수원 위를 한 바퀴 돌다가 북쪽으로 날아가 버렸다.

새들 가운데 하얀 큰 새가 날아가는 모습이 보였다.

"사람은 타서 재가 돼도 보물(완체)은 절대 타지 않는다! 그러니 애써 벗길 필요가 없지! 호호호……."

정아가 간드러지게 웃었다.

"어서 불이나 붙여! 뭘 해?"

곱상하게 생긴 남자가 말했다.

"호호호…… 서두르긴!"

완벽한 옷, 보물 무체

정아가 재미있다는 듯 강철과 강희를 번갈아 바라보며 웃었다.

"그래도 외롭진 않겠네! 호호……."

정아가 라이터를 꺼내 불을 켰다.

"얼른 붙여! 그리고 가자!"

곱상하게 생긴 남자는 계속 독촉했다.

"알았어!"

정아가 라이터 불을 기름을 부은 장작에 붙였다.

펑.

소리가 나며 불이 붙어야 맞는데.

"이게 어찌 된 일이지!"

정아가 아무리 불을 붙이려고 해도 불이 붙지 않았다.

"왜 그래?"

곱상하게 생긴 남자가 의혹의 눈초리로 정아를 보며 물었다.

"불이 안 붙어!"

정아가 말했다.

"기름이 아니라 물 아니야?"

턱수염 남자가 말했다.

"휘발유가 맞는데."

곱상하게 생긴 남자가 손으로 장작에 묻은 기름을 찍어 냄새를 맡아보며 말했다.

"그런데 왜 불이 안 붙어?"

턱수염 남자가 손으로 장작을 들고 코로 가져갔다.

킁킁.

냄새를 맡던 턱수염 남자가 장작을 획 집어던졌다.

"휘발유는 개뿔!"

턱수염 남자가 화가 잔뜩 나서 담이와 청이를 노려봤다.

"휘발유 맞아요!"

청이가 얼른 대답했다.

"휘발유가 왜 냄새가 안 나? 요즘 휘발유는 냄새가 없나?"

턱수염 남자가 비꼬는 투로 말했다.

"자, 잠깐!"

정아가 얼른 손을 들고 턱수염 남자 말을 막았다.

"……!"

곱상하게 생긴 남자도 이상하다는 표정으로 정아를 바라보았다.

"조금 전까지 휘발유 냄새가 진동했는데. 이젠 냄새가 사라졌다!"

정아가 무척 놀라는 표정으로 말했다.

"그게 무슨 말이야?"

곱상하게 생긴 남자가 물었다.

"無體. 틀림없이 무체가 나타났어! 도망가야 해! 무체를 착용한 자를 우리는 이길 수 없어!"

정아가 갑자기 벌벌 떨며 말했다.

"뭐? 무체? 그 천국성 최고 신비의 보물이라는?"

곱상하게 생긴 남자가 다급히 물었다.

"청이, 담이는 즉시 초가집으로 돌아가라! 너희들도 얼른 도망가라!"

정아가 얼른 일어서서 소리쳤다.

담이와 청이는 문을 열고 급히 사라졌다.

"너는?"

곱상하게 생긴 남자가 물었다.

"얼른 가!"

정아가 말을 하며 두 남자 등을 두 손으로 떠밀었다.

휘잉.

두 남자는 현관문 밖으로 사라졌다.

곧바로 정아 모습도 사라졌다.

휘잉.

열려진 현관문으로 바람만 들어오고 있는데.

아무런 움직임도 없었다.

정아 말대로 무체를 착용한 사람도 나타나지 않고.

방에 묶인 3명 역시 깊은 잠에 빠져 세상모르고 자는데.

휘이잉. 쾅!

바람에 현관문만 요란한 소리를 내며 닫혔다.

주인공 이야기

푸드득.

푸드득.

소나무 숲 가득 검은 그림자로 가득했다.

하늘을 새 떼들이 온통 까맣게 덮어버렸다.

자세히 보면 하늘을 날고 있는 것이 새가 아닌 날다람쥐라는 것을 쉽게 알 수 있었다.

날다람쥐가 소나무 숲을 검은 그림자로 가득 채우고 있었다.

그 검은 그림자 가운데.

선녀가 서 있었다.

"엄마! 보고 싶었어!"

선녀가 울먹거리며 말했다.

선녀가 바라보는 소나무 가지 위엔 하얀 큰 날다람쥐가 앉아있었다.

선녀 엄마다.

"나두! 우리 선녀가 매일 보고 싶었다."

선녀의 엄마가 말했다.

"헤헷……."

선녀는 눈물을 소매로 닦으며 미소를 지었다.

"우리 선녀를 위해 마지막으로 엄마가 해야 할 일이 있어서 왔단다."

선녀 엄마는 왠지 슬퍼 보이는 얼굴로 말했다.

"무슨 일?"

선녀가 물었다.

"너도 들어서 알 것이야! 세 개의 보물을."

선녀 엄마가 말했다.

"천국성 보물 이야기야?"

선녀가 물었다.

"그래! 네가 입고 있는 경진. 그 옷은 100여 년 전 소연님이 입고 내려온 옷이다! 알고 있었지?"

선녀 엄마가 물었다.

"그럼! 알고 있어!"

선녀가 대답했다.

"그것은 천국성 보물 3위에 올라 있는 것이고. 2위가 완체(完體)란 것인데, 아마 이번에 내려온 누군가 입었을 것이다! 그리고 1위에 올라 있는 무체(無體)란 것은……."

선녀 엄마가 슬픈 표정으로 선녀를 바라보며 한참을 있었다.

"왜 그래? 엄마?"

선녀가 물었다.

엄마의 그런 표정 첨이었다.

아직까지 선녀 앞에서 그런 슬픈 표정을 지은 적 없다.

헤어질 때도 그런 표정은 보이지 않았다.

"그 無體란 보물은… 바로… 나다!"

선녀 엄마가 겨우겨우 말했다.

목이 메는 음성이다.

"뭐? 그게 무슨 말이야? 엄마가 그 無體라고?"

선녀는 도무지 무슨 말인지 이해를 할 수 없었다.

"100여 년 전 사라진 소연님 행방을 찾으려고 상인문에서 나를 착용한 주경미덕이란 사람이 지구로 내려왔다! 그리고 소연님의 후손인 네가 이동국이란 사람 아들과 함께 살아가는 것을 찾을 수 있었으나, 너를 데리고 올라갈 수는 없었다. 이유는 혼자만 탈 수 있는 우주선으로 내려왔기에 널 데려갈 수 없었던 것이다! 그래서 고심 끝에 나를 남겨두고 널 지키며 함께 있게 했던 것이다!"

선녀 엄마가 과거 이야기를 하고 있었다.

"주경미덕이란 분은 혼자 천국성으로 올라갔다! 당시 無體란 보물은 모두 3개가 있었는데, 하나는 네가 입은 옷처럼 입는 것이고, 또 하나는 몸속에 삼켜서 흡수하는 것이고, 마지막 하나는 無門과 醫門에서 심혈을 기울여 만든 것으로 전혀 어떤 것인지 알 수가 없는 신비에 싸여 있었다. 그래서 無體라 하면 바로 그 세 번째 것. 無門과 醫門의 합작품을 떠올려 사람들은 천국성 보물 1위로 꼽고 있으나 실상은 3개가 만들어졌단다. 그중 내가 바로 두 번째 삼켜서 몸에 흡수하는 沁體이니라!"

선녀 엄마가 말했다.

"그, 그럼? 헉……!"

선녀가 말을 하려다가 입을 크게 벌리고 굳어졌다.

"슬퍼 말아라! 네 몸속에 항상 내가 있단다. 난 끝까지 네 엄마고 널 지켜줄 것이다! 네 몸은 조금 후 자동으로 풀릴 것이다!"

선녀 엄마가 말을 마치고 입을 크게 벌렸다.

"캬악!"

선녀 엄마가 굉음을 터뜨렸다.

스르르르……

푸드득.

하늘을 새카맣게 덮고 있던 날다람쥐들이 하나로 뭉쳐지더니 순식간에 물이 되어 선녀 엄마 입으로 사라졌다.

"선녀야! 사랑한다! 엄마는 늘 널 지켜줄게!"

선녀 엄마(하얀 날다람쥐)는 갑자기 희미하게 그림자처럼 변해서 입을 벌리고 굳어 있는 선녀 입속으로 들어가 버렸다.

휘잉.

작은 바람이 불어오고 있는 소나무 숲이었다.

완벽한 옷, 보물 무체

"킥킥……!"

선녀 앞에 영미가 나타났다.

"하나는 찾았다! 無體 하나. 저 여시가 소연님 후손이라고. 그랬어! 경진에 무체까지. 강철 오빠도 감당하기 힘겹겠군! 소연님 후손이라면? 소연님의 손녀란 이야긴데. 남자는 누구지? 소연님도 그렇고 소연님 아들이나 딸도 그렇고. 누구와 결혼을 해서 저 여시가 태어난 것이야!"

영미가 혼자서 한참을 생각했다.

그러나 영미로서는 도무지 알 수 없는 수수께끼였다.

"100년 전에 실종된 보물 경진은 필요 없고! 그건 네가 착용해라! 하지만 무체(無體)는 내가 찾아가마! 자! 넌 이게 뭔지 모르겠지? 이건 말이다! 누구나 이걸 보면 내가 원하는 것을 나에게 줘야 하는 무상령패無上領牌란 것이다! 보여 줬으니……! 無體는 원래 주인인 내가 찾아가마!"

영미가 황금으로 된 둥근 모양의 손바닥 크기의 패를 꺼내 보여 주고는 품속에 넣었다.

"無體란 3개로 되어 있지만 한 사람이 착용을 하게 돼 있는 것이다! 그 임자가 바로 나다! 그러니 서러워 말아라!"

영미가 말을 마치고 입을 벌리고 선녀와 마주 보고 섰다.

영미는 손바닥으로 선녀 가슴을 밀치듯 쳤다.

추추추........

선녀 입에서 희미한 물체가 연기처럼 솟아 나오더니 영미 입속으로 사라졌다.

"하나는 찾았는데, 하나는 어디서 찾지!"

영미가 혼자 중얼거렸다.

"분명 경고를 하는데! 전후 사정을 자세히 모르면 잠자코 있어라! 복수니 뭐니, 날뛰지 말고!"

영미가 선녀 얼굴을 손바닥으로 톡톡 치며 말했다.

"아 참! 내가 누구냐고? 방금 보여 준 무상령패를 가진 사람은 천국 성에서 나 하나거든. 감찰어사께서 가져갔다고 말하면 모두들 억울하 다고는 안 할 것이야."

영미가 선녀 얼굴을 톡톡 치던 손을 멈추고 생글생글 웃었다.

"또 하나! 네가 입은 경진. 그 보물 역시 내가 찾아가야 하지만, 너 의 몸을 보호하라고 잠시 네게 맡기마! 함부로 날뛰다가 죽지마라! 그 래야 훗날 황후 자리라도 넘볼 수 있을 것이니깐! 항상 이 감찰어사께 서 지켜보고 있다는 것 잊지 말고?"

영미가 생글생글 웃으며 선녀 얼굴을 빤히 들여다보고 있었다.

"자세히 보니까! 밉상은 아니군! 킥킥. 얌전히 있으면 내가 중매를 할 수도 있어! 강철 오빠랑! 알겠지?"

영미가 말을 마치고 돌아섰다.

"아 참! 하나 더 있네! 3 군주 정아님에게 전해! 천국성으로 돌아가 고 싶으면 얌전히 있는 게 좋다고! 킥킥······."

영미가 뒤를 돌아선 상태로 말을 남기고 바람처럼 사라졌다.

소나무 숲엔 입을 크게 벌리고 있는 선녀만 남아 있었다.

2033년 지구 이야기

수민이 일행을 태운 어선은 대한민국 영해를 벗어나 일본 영해로 들어섰다.

수민이 일행을 유인하는 어선은 일본 경비선들의 제지도 받지 않고 자유롭게 일본 영해를 항해했고. 수민이 일행을 태운 어선까지 일본 경비선들은 전혀 제지를 하지 않았다. 이미 사전에 연락을 받은 듯 모른 체 지나가는 경비선들을 보며 수민이는 자신들이 유인당하고 있다는 생각을 굳혔다.

수민이 일행을 유인하는 어선은 어느 조그만 섬에 정박을 하고 수상한 할머니는 어선에서 내려 수민이 일행이 탄 어선을 힐끗 보더니 숲속으로 난 작은 길로 걸어 들어갔다.

수민이 일행을 태운 어선도 섬에 정박을 하고 수민이부터 조심해서 어선에서 내렸다. 섬엔 희끄무레한 커다란 돌에 검은 글씨로 이렇게 쓰여 있었다.

구로사키.

"이 섬에 괴물박사님이 계시는구나."

수민이는 직감적으로 느끼고 있었다.

"여긴 일본 쓰시마섬이다."

국영이가 수민이 어깨를 툭 치며 말했다.

"큭…… 이 친구 여행이라도 온 표정이군. 조심해. 영미님이란 그분 이야기를 새겨들으라고. 무서운 곳에 왔으니깐."

수민이가 국영이를 보며 말했다.

"헌데 그분은 왜 안 보여?"

국영이 수민이에게 물었다. 하나도 동의한다는 뜻 고개를 끄덕이며 수민이를 바라본다.

다만 지수는 입가에 미소를 띠고 주위를 경계하고 있었다.

"근처에 계시니깐 걱정 마."

수민이 역시 입가에 미소를 띠며 말했다.

좁은 숲길을 벗어나자 넓은 공터가 나타났다. 순간 수민이 두 눈이 파랗게 빛났다.

"호호호……."

간드러진 웃음소리와 함께 소녀들이 나타났다. 모두 47명. 그 뒤에 수상한 할머니와 야비하게 생긴 중년 남자가 서 있었다.

"50을 채우려 그렇게 고생했는데. 한꺼번에 3명이나 데리고 오다니 수단도 좋으십니다."

야비하게 생긴 중년 남자가 수상한 할머니에게 하는 말이다.

"뭐라고? 그럼 지수만 유인한 것이 아니라 하나 너도. 그리고 나도 유인한 것이었어. 킥…… 이래서 똑똑한 척하다가 당한다는 말이 맞는 말이군."

수민이가 작은 소리로 하나에게 말했다.

"문제는 저 소녀들이야. 모두 지수보다 강한 상대야. 그것도 47명이라니…… 너와 난 살아서 가긴 틀렸다. 스승님 말씀이 맞았어. 죽을 자리를 찾은 것이야."

하나가 수민이만 들을 수 있는 작은 소리로 말했다.

"하하하…… 제 꾀에 속아 여기까지 따라온 탐정 w 그리고 별에서 온 소녀여. 그대들을 환영한다. 이제부터 그대들은 여기 다른 전사 소녀들처럼 강한 인간으로 다시 태어날 것이다. 그전에 그대들에게 강함이 무엇인지 여기 전사 소녀들이 가르쳐줄 것이다. 전사들이여 시작하라. 죽여도 좋다. 어차피 죽여도 다시 살리면 되니깐."

야비하게 생긴 중년 남자가 큰 소리로 말했다.

순간 소녀들 47명이 움직이기 시작했다. 그중 한 소녀가 하나를 향해 다가왔다. 엄청 빠른 동작이다. 하나는 피하려 했지만 목덜미를 소녀 손에 잡히고 말았다. 반면 수민이는 간신히 소녀들 손에서 벗어나며 이리저리 움직이고 있었다. 그러나 수민이 옷이 소녀들 손에 잡혀 찢어지고 손톱에 길게 상처까지 나고 말았다. 하나는 소녀 손에 잡혀 버둥거리고 있었다.

지수는 두 소녀에게 공격을 받고 있었는데 벌써 꼴이 말이 아니다. 옷은 이미 걸레 조각이 돼 있고. 온몸에 상처가 나서 피를 흘리고 있었다.

"힘!"

야비하게 생긴 중년 남자가 크게 기침을 하자 모든 소녀들이 수민이와 지수에게 달려들었다.

국영이는 소녀들 중에 자신의 동생 장미리를 발견하고 반갑기도 하였지만 지금은 소녀들의 막강한 힘에 수민이와 하나 지수가 당하고 있자 두려움을 느끼고 이영과 함께 벌벌 떨고 있었다.

그때였다.

갑자기 밝은 빛이 모든 소녀들을 비추었다. 눈이 부신 듯 소녀들은 손으로 눈을 가리고 뒷걸음질 치고 있었고 야비하게 생긴 중년 남자와 수상한 할머니 역시 손으로 두 눈을 가렸다.

탁. 탁.

뭔가 때리는 소리가 들리고. 소녀들은 모두 땅바닥에 쓰러져있었고 야비하게 생긴 중년 남자 역시 수상한 할머니와 무릎을 꿇고 앉아 있었다.

"키득…… 시험 삼아 처음 사용해 봤는데 쓸 만하군! 역시 영미님은 천재란 말이야. 이런 무기도 만들고."

키득 키득 웃으며 영미가 그들 앞에 나타났다. 마치 오래전부터 그자리에 있었던 것처럼.

"여신님은 누구신지요?"

야비하게 생긴 중년 남자가 무릎을 꿇은 자세로 영미를 바라보며 공손히 물었다.

"아하! 여신이라. 듣기 나쁜 소리는 아니군! 허나 내 얼굴은 아직 드러나면 안 돼. 그런데 왜 그대 둘이 내 얼굴을 보게 했는지 아는가?"

영미가 야비하게 생긴 중년 남자와 수상한 할머니를 번갈아 보며 물었다.

"글쎄요?"

야비하게 생긴 중년 남자가 영미에게 물었다.

"살려둘 가치가 없으니깐. 저승에 가거든 '천국성 감찰어사님이 보내서 왔다'라고 하면 아마 잘 대접해줄 거야."

영미 말이 끝나고 손이 마치 파리 쫓듯이 움직였다.

"크악!"

비명이 터지고 어찌 된 영문인지 야비하게 생긴 중년 남자도, 수상한 할머니도 한 줌의 재로 변해 바람에 흩어지고 있었다.

"신기한 인간. 탐정 w. 그대는 이제 그대 할 일을 하도록. 괴물박사란 그 노인은 이 길로 조금 들어가면 공장 같은 건물 우측에 조그만 건물이 있는데 그곳에 잠재워 두었고, 그들을 지키던 인간들과 관련

된 인간들 모두 이미 저승으로 보냈으니 이 섬엔 다른 인간은 없다. 그들이 만든 저 인조인간 소녀들의 막강한 무술과 체력 등은 이미 제거했으니 선량한 소녀가 돼 있을 것이다. 가족을 찾아 데려다주는 것을 신비한 인간 수민이 그대에게 부탁한다. 그럼 이곳을 빠르게 철수하도록. 늦으면 일본 정부에서 조치를 취할 것이야. 하나 너도 저 소녀들을 가족의 품으로 돌려보내는 일을 돕도록."

말을 마치는 동시에 영미 모습은 흐릿해지면서 사라졌다.

"잠깐만요."

급하게 국영이 소리쳤다.

"무슨 하실 말씀이라도?"

사라지던 영미 모습이 다시 흐릿한 잔영에서 돌아와 국영을 바라보며 물었다.

"저…… 그게."

갑자기 말을 더듬으며 국영이 얼굴을 붉혔다.

"이런! 이런! 또 한 사람 생겼군! 이래서 너무 예쁜 것도 귀찮다니깐. 맛있는 밥이라도 한 끼 사려면 지수 언니에게 이야기하면 나에게 전달될 거예요."

영미가 말을 마치고 연기처럼 사라졌다.

"뭐야? 국영이 너? 정말 저분에게 반한 것이야? 전화번호라도 따려고 한 것이야? 그런 거야?"

수민이가 짓궂게 물었다.

"그게 아닌데… 그런 것이 아닌데."

국영이 혼잣말처럼 중얼거렸다.

"이영이 문제와 장미리 문제를 더 물어보려고 한 것이지요?"

하나가 빙긋 웃으며 물었다.

"네! 이영 이 아이를 어떻게 해야 예전으로 돌아오나 그걸 물으려고요. 제 동생은 괜찮은 것인지 그것도요."

국영이 말했다.

"거짓말. 그럼 얼굴은 왜 붉혔어?"

수민이가 짓궂게 다시 물었다.

"그분이 너무 아름다우셔서 나도 모르게 그만……."

국영이 다시 얼굴을 붉히며 말을 했다. 그때였다. 멀리서 들려오듯 영미 목소리가 들려왔다.

"이영은 그들 인조인간들을 만든 자를 죽여야 본 모습을 찾을 겁니다. 소녀들은 악한 기운만 없앴으니 괜찮을 겁니다."

영미의 목소리는 차츰차츰 더 멀리서 들렸다.

"들었지? 아마 영미 동생은 이미 한국에 도착하셨을 거야."

지수가 어디서 났는지 옷을 여러 벌 들고 와서 하나와 수민이에게 나눠주며 말했다.

"후후…… 농담도 잘하십니다. 이미 한국에 계신 분이 어떻게 여기까지 말을 전해요."

국영이 지수를 보며 말했다.

"영미 동생은 우리가 말하는 천 리까지도 자신이 듣고 싶은 것만 듣고 전하고 싶은 말을 전해요. 영미 동생은 그래서 진짜 신이죠."

지수가 무척 존경스러운 표정을 지으며 말했다.

"제가 봐도 그분이 진짜 신 같네요. 저도 나이를 떠나 지수처럼 그분과 형제가 되고 싶네요."

수민이가 말했다.

완벽한 옷, 보물 무체

"영미 동생은 이제 16살. 수민이가 언니가 될걸. 내가 영미 동생에게 꼭 전해줄게."

지수가 말했다.

"고마워. 얼른 서두르자. 일본 정부에서 조치를 취하면 이 소녀들을 데리고 가지도 못해."

수민이가 말했다. 모두들 수민이 말에 따라 급히 움직이기 시작했다.

"으으……."

강철은 저녁때가 돼서야 잠에서 깼다.

머리가 쪼개질 듯 아팠다.

"이게 어찌 된 일이지!"

강철은 3명이 함께 묶여 있다는 것을 알고 몸을 비틀고 수축시켜 밧줄에서 벗어났다.

"일어나라! 일어나시오!"

강철은 강희와 우석을 차례로 흔들어 깨웠다.

"으으…… 이게?"

우석이 잠을 깨며 어리둥절한 표정을 지었다.

"오빠! 무슨 일이야?"

강희도 잠을 깨며 강철에게 물었다.

"오빠도 모르겠다! 우리가 아마 수면제를 먹고 잠이 든 모양인데. 누군가 우리들을 태워 죽이려고 방에 장작을 쌓아놓고 기름을 뿌렸다!"

강철이 사태 파악을 하고 느낀 대로 말했다.

"그런데……! 이상하다!"

강철이 고개를 갸우뚱했다.

"뭐가 이상합니까?"

우석이 물었다.

"이건 분명 휘발유인데 냄새가 사라졌고!"

강철이 이상하다는 듯 고개를 계속 갸우뚱거렸다.

"흠! 영미가 왔다가 간 모양이군! 無體(무체: 천국성 최고의 보물)만이 이런 기능이 있다던데!"

강철은 그렇게 생각하며 고개를 끄떡거렸다.

"녀석 왔다가 갔으면. 밧줄이라도 풀어 주고 갈 것이지. 우릴 이렇게 만든 자들을 쫓아간 모양이군!"

강철이 그렇게 생각하며 자신의 생각이 맞는다고 결론을 내렸다.

"오빠! 무슨 생각을 해?"

강희가 한동안 말없이 고개를 갸우뚱거렸다가 끄떡거리는 강철을 보며 물었다.

"아! 아니야! 얼른 이것들을 치우자!"

강철은 일어서서 장작들을 밖으로 치우기 시작했다.

"그러고 보니! 자동차가 펑크 난 것도 이상했어요! 누군가 고의적으로 자동차를 펑크 낸 것 같았거든요!"

우석이 강철과 함께 장작을 나르며 말했다.

"그럴 겁니다! 그 사이에 장작을 방에다가 쌓아놓고 우리를 기다린 겁니다! 음식에 수면제까지 넣고"

강철이 말했다.

"그런데 왜? 불은 붙이지 않았을까요?"

우석이 생각만 해도 소름이 끼치는 듯 온몸을 부르르 떠는 시늉을 했다.

"그런 사람이 하나 있어요! 아마 그 사람이 막았을 겁니다!"

강철이 말했다.

"강철님을 호위하시는 분인가 봐요?"

우석이 물었다.

"아! 아닙니다! 저보다 높은 분입니다!"

강철이 말했다.

강철의 말은 사실이었다.

비록 다음 황태자 자리에 내정된 강철이지만 감찰어사 영미의 직책이 한참 높았다.

감찰어사의 직책은 현 황제라도 함부로 못 하는 직책이었기에 사람들은 황제와 동급으로 감찰어사를 꼽았다.

감찰어사가 가지고 다니는 무상령패는 태조 이정주의 유지만 받는다.

황제의 명도 무시하고 태상황 명도 무시한다.

천국성 최고의 권력 무상령패

生과 死를 관장하는 감찰어사.

그런 감찰어사는.

현 감찰어사와.

태상황. 태상황후. 각 문주들의 공정한 투표로 결정한다.

단, 무예와 사람 됨됨을 시험하기 위한 어려운 시험을 무려 9차례나 통과해야 비로소 후보에 오를 수 있다.

"강철님이 황태자라고 하시지 않았나요?"

우석이 이해하기 어려운 모양이다.

"그렇긴 하지만! 저보다 높은 분들은 많습니다!"

강철은 영미에 대하여 사실대로 이야기할 수는 없었다.

아직은 영미 존재가 드러나지 말아야 한다고 생각했기에.

"오빠! 그게 누구야?"

강희가 강철에게 물었지만 강철은 대답이 없었다.

열심히 장작만 나르고 있었다.

정아는 가장 늦게 초가집으로 돌아왔다.

초가집엔 이미 40대 남자 둘과 담이 청이 그리고 외팔이가 있었다.

"도대체 무슨 일입니까?"

외팔이가 방으로 들어서는 정아를 보고 물었다.

"無體란 보물을 아시죠?"

정아가 되물었다.

"압니다!"

외팔이가 대답했다.

"그게 나타났습니다! 그게 아니고는 휘발유 냄새를 순식간에 사라지게 하고 불이 안 붙게 할 수는 없으니까요."

정아가 털썩 방바닥에 아무렇게나 앉으며 말했다.

"하하하…… 無體라고요? 하하하…… 그 무체란 보물. 지금쯤 공주님께서 가지셨을 겁니다!"

외팔이가 웃으며 말했다.

"네에? 무슨 말씀이세요?"

정아가 이해를 할 수 없다는 표정으로 물었다.

"그 보물은 오늘 공주님께 보냈습니다! 하하하."

외팔이는 재미있다는 듯이 웃었다.

"무슨 말씀이신지 자세히 말씀해 보세요!"

정아가 말했다.

"사실 그 보물 중에 몸으로 흡수하는 無體. 그건 오래전부터 공주님 곁에 있었습니다! 나머지 두 개는 모르지만."

외팔이가 말했다.

"그렇다면 그게 공교롭게도 우리가 일을 꾸미고 있는 과수원으로 지나갔다 이겁니까?"

정아가 물었다.

"아마도! 방향으로 보아 그럴 가능성이!"

외팔이가 고개를 끄떡거렸다.

"그렇다면! 우린 괜히 도망을 쳤다는 겁니까? 무슨 이런 일이!"

정아는 억울한 표정을 지었다.

"단지, 무체란 보물 때문에 도망을 쳤다는 것이 이해를 할 수 없습니다!"

외팔이가 말했다.

"단지 그것 때문이겠어요? 무체를 착용한 사람이 가장 무서운 감찰어사니깐 그렇죠!"

정아가 생각만 해도 무섭다는 듯 부르르 몸을 떨었다.

"감. 찰. 어. 사?"

두 40대 자객과 외팔이는 동시에 놀라 소리쳤다.

"그래요! 감찰어사로 취임하면 가장 먼저 無體란 보물을 상으로 줘요! 비록 3개 중 2개가 행방불명돼서 이번엔 상으로 받지는 못했지만 이미 착용하고 있었거든요. 감찰어사에게 전해지는 무체가 천국성 최고의 보물로 꼽히거든요! 그가 여기에 나타났다면 강철을 죽이는 것은 전혀 확률이 없어요!"

정아가 무섭다는 듯 몸을 부르르 떨었다.

"그 감찰어사는 영미라는 소녀로 알고 있는데?"

곱상한 남자가 물었다.

"맞아! 올해 16살이야! 武門의 후계자. 영미."

정아가 말했다.

"소녀라면서요? 청아와 같은 또래 같은데 한두 살 많은?"

외팔이가 이해를 할 수 없다는 투로 말했다.

"어디다가 갖다 붙이세요! 청이, 담이. 이 애들은 천 명, 아니 만 명. 아니야! 아무리 숫자가 많아도 상대가 안 돼요!"

정아가 당연하다는 투로 말했다.

"어찌. 16살짜리가 그렇게?"

외팔이가 믿을 수 없다는 표정이다.

"아마도 감찰어사 영미가 無體를 착용하지 않은 상태라면. 우리 공업문 전체가 상대하면 승산이 있을지도."

정아가 몸을 부르르 떨며 말했다.

"그, 그 정도입니까?"

외팔이가 도무지 믿기지 않는다는 투로 말했다.

"영미를 왜 武神이라 부르는지 알겠어요?"

정아가 두 40대 남자와 외팔이를 번갈아보며 물었다.

완벽한 옷, 보물 무체

"아니!"

"그, 글쎄요!"

셋이 동시에 모르겠다는 표정으로 대답했다.

"천국성에 있는 문주들. 武門. 비밀門. 농업문. 상인문. 공업문. 의학문. 과학문. 그리고 차기 황태자 강철. 이렇게 8인과 한꺼번에 대결을 펼쳤어요! 그런데 어떻게 됐는지 아세요?"

정아가 어깨를 부르르 떨며 물었다.

"글쎄요!"

외팔이가 말했다.

"7명 문주들은 단 1격에 피를 토하고 무릎을 꿇었으며, 강철만 겨우 3번째 공격까지 받아내고 혼절을 했었죠! 비록 강철이 완체란 보물을 착용하기 전이었지만…… 영미 역시 무체란 보물을 착용하기 전이었으니깐."

정아가 말했다.

"그렇게 세단 말입니까? 16살짜리가?"

외팔이가 놀랍다는 표정을 지었다.

"그때가 차기 감찰어사를 뽑는 9번째 시험이었는데…… 저도 그 시험에 참가는 했는데…… 1차 시험에서 탈락했죠!"

정아가 씁쓸한 표정을 지었다.

"그땐 영미의 실력이 지금보단 반도 안 되는 상태였죠! 지금은 각 문주들이나 각 문에서 내려오는 비밀 무예까지 감찰어사의 무상령패를 이용해서 몽땅 취했으므로 어느 누가 상대가 되겠어요? 거기다가 사정이란 것은 없어요! 법을 어겼다고 생각하면 가차 없이 죽이는 잔인함까지 갖추고 항상 생글생글 웃어서 더욱 무서운 아이입니다!"

정아는 다시 어깨를 부들부들 떨었다.

"그 감찰어사가 지구에 왔다는 겁니까?"

외팔이가 물었다.

"모르겠어요! 그의 행방을 쫓는 것 자체가 어려워서."

정아가 말했다.

"어렵다는 것은?"

외팔이가 물었다.

"無體란 보물을 착용한 상태에선 그의 냄새나 자취를 발견할 수가 없거든요! 물론, 그 보물을 착용하지 않았다 하더라도 그 영미의 경공술을 따르기는 불가능합니다!"

정아가 말했다.

우당탕.

그때다.

방문이 열리며 선녀가 뛰어 들어왔다.

"어, 어! 공주님!"

정아와 방에 있던 사람 모두 일어서서 고개를 숙여 예를 취했다.

"무슨 일입니까?"

외팔이가 물었다.

"아빠! 갑자기 그렇게 말씀하시니깐 이상하잖아! 그냥 전처럼 대해 줘! 부탁이야!"

선녀가 방바닥에 털썩 앉으며 말했다.

"그렇지만……"

외팔이는 선녀 표정을 살피며 더 이상 말을 하지 않았다.

선녀 표정에서 뭔가 심각함을 느꼈기 때문이다.

완벽한 옷, 보물 무체

"엄마가. 흑……!"

선녀는 울음부터 터뜨렸다.

"아! 그것 때문에! 울지 마라! 그 엄마는 네 몸속에서 영원히 같이 있을 것이야!"

외팔이는 선녀를 위로했다.

선녀가 여기까지 달려 온 심각한 일이 바로 엄마가 자신의 몸으로 들어갔기 때문이라고 생각했다.

"엄마가! 흑흑…… 엄마를 뺏겼어! 으앙……."

선녀는 울음을 터뜨렸다.

"엄마를 뺏겼다니? 무슨 일이야?"

외팔이가 다급히 물었다.

"엄마가 내 몸속으로 들어갔는데 흑흑…… 난 움직이지도 못하고 있는데…… 으앙……."

선녀는 다시 울었다.

"무슨 일인데요?"

정아가 물었다.

"이상한 여자아이가 나타나서 뺏어 가지고 갔어! 엄마를…… 흑흑……."

선녀가 울면서 말했다.

"자세히 말을 해봐요!"

정아가 다시 말했다.

"엄마가 자기 것이라며 내 몸속에서 다시 꺼내 자기 몸속에 삼키고 사라졌어. 으앙……."

선녀는 다시 울었다.

"둥근 황금색 패를 보이며 자기가 그것을 보이면 누구든 자기가 원하는 것을 내줘야 한다고 그랬어! 뭐라고 하더라. 무⋯⋯!"

선녀가 생각이 잘 안 나는 모양이다.

"무상령패?"

정아가 다급히 물었다.

보이면 그가 원하는 것을 내줘야 하는 것은 오로지 무상령패뿐이었다.

"마, 맞아! 무상령패! 자기가 무슨 어사라 그랬어!"

선녀가 말했다.

"감찰어사?"

정아가 다시 물었다.

"맞아! 감찰어사! 으앙⋯⋯."

선녀는 다시 울었다.

"어떻게 생겼어요? 16살 정도 어린 소녀죠?"

정아가 물었다.

"맞아! 어린 계집애였어! 뺏어 가면서 생글생글 웃고 있었어! 으앙⋯⋯."

선녀가 무척 억울하다는 표정으로 울었다.

"경진은요?"

정아가 다급히 물었다.

"그 애가 경진은 나보고 당분간 입으라고 했어. 내 몸을 보호해야 하니까 당분간 맡겨둔다고 했어! 자기 것도 아니면서. 으앙⋯⋯."

완벽한 옷, 보물 무체

선녀가 다시 울음을 터뜨렸다.

"후우! 우려했던 감찰어사가 나타나셨네요! 경진을 뺏어가지 않은 것은 그나마 다행이네요!"

정아가 말했다.

"어찌 그런 일이?"

외팔이가 믿기지 않는 투로 말하며 선녀 어깨를 한 손으로 감싸주었다.

"다행이라고 해야 하나! 아무튼 공주님을 해치거나 경진을 뺏을 생각은 없는 모양이군요."

정아가 말했다.

"아! 참! 정아님에게 이렇게 전하라고 했어! 천국성으로 무사히 돌아가려면 경거망동하지 말라고! 그리고……."

선녀는 영미가 자신보고 얌전하게 있으면 강철과 중매를 서주겠다고 했던 말을 하려다가 말았다.

"역시 감찰어사다! 나의 행동까지 감시하고 있었어!"

정아는 두렵다는 듯이 온몸을 부르르 떨었다

"그 시간에 감찰어사 영미가 공주님 곁에 있었다면 역시 과수원에 나타난 無體는 지나가는 공주님 엄마였어! 절호의 기회를 놓쳤어! 다시 휘발유를 붓고 불을 붙여야 했는데. 에구…… 강철의 목숨이 질기긴 하네!"

정아가 그렇게 생각하며 아쉬운 표정을 지었다.

"그렇다면! 우리 계획은 어찌 되나?"

곱상한 남자가 물었다.

"문주님과 선조님들 한을 풀어야 하는 대업인데 그칠 수는 없지요!

다른 계획을 세워야 할 겁니다!"

외팔이가 말했다.

"다른 계획이라니요?"

턱수염 남자가 물었다.

"후훗."

외팔이는 선녀 모습을 바라보며 뜻 모를 미소를 지었다.

"호호."

정아도 외팔이 뜻을 눈치챈 듯 웃었다.

영미는 강철이 살던 옥탑방에 있었다.

옆엔 주인아주머니가 함께 서 있었다.

"이사를 했단 말이죠?"

영미가 강철이 살던 집 주인아주머니에게 물었다.

"그래! 이른 새벽에 나갔어!"

주인아주머니가 대답했다.

영미가 어린 소녀라 주인아주머니는 반말을 했다.

"어디로 간다는 말은 없었고요?"

영미가 괜한 질문을 했다는 생각에 질문을 하고서 미소를 지었다.

"응! 그런데 아가씬 누구지? 동생은 아닐 테고?"

주인아주머니는 강희가 동생이란 것을 알고 있기에 영미는 동생이
아니라고 단정을 지었다.

"친척 동생이에요!"

영미는 재빨리 둘러댔다.

영미는 강철이 혹시라도 뭔가 단서를 남겼나 찾아봤지만 없었다.

"킥킥…… 나보고 재주껏 찾아오라고. 킥킥……."

영미는 혼자 중얼거리며 주인아주머니에게 인사를 하고 그 자리를 떠났다.

"이상한 것이 오빠 냄새가 다 지워졌거든! 오빠가 일부러 지운 것은 아닐 테고."

영미는 골목길을 걸으며 골똘히 생각하고 있었다.

"흠! 흠……!"

뭔가 생각이 잘 떠오르지 않는 모양이다.

영미가 계속 고개를 갸우뚱거렸다.

"누님! 무슨 생각을 하세요?"

골목길에서 무칠이 나타나 영미를 발견하고 물었다.

"아! 그래! 마침 잘 만났어!"

영미가 무칠을 무척 반기는 표정이다

그런 영미 모습에 무칠은 당황했다.

영미가 자신을 반갑게 맞아 주는 것은 첨이기 때문이다.

"네에?"

무칠은 무슨 일이야고 질문을 하고 있었다.

뭔가 시킬 일이 있다는 것을 직감적으로 느꼈기 때문이다.

"너! 오늘 새벽에 20대 남자와 여자가 큰 가방을 하나씩 들고 이곳 골목길을 나가서 어디로 갔는지. 알아봐 줘!"

영미가 무칠이에게 그 부탁을 하려던 것이었다.

동네 불량배들이니 새벽에도 눈은 있을 테고.

숫자가 많으니 알아보는 데 도움이 될 것 같았다.

"그리고 저 산이 아차산이라고 했지?"

영미가 아차산을 손으로 가리키며 물었다.

"네!"

무칠이 대답했다.

"저 산 끝으로 어디론가 갈 수 있는 기차역이나 버스 터미널 또는 시외버스 종점, 정류장 등등 뭐가 있지?"

영미가 물었다.

"아차산요?"

무칠이 반문을 했다.

"그래! 멍청아!"

영미가 짜증스럽다는 듯 말했다.

"저 아차산 끝이라기보단 계속 올라가면 도로가 하나 지나가는데. 우측으로 가면 망우리 좌측으로 가면 청량리 쪽 그런 데요! 망우리 쪽엔 시외버스 터미널이 하나 있고요 청량리 쪽엔 기차역이 하나 있어요!"

무칠이 얼른 대답했다.

머뭇거리다간 또 멍청이 소리를 들을 테니까.

"그래! 그렇다면 넌 우선 이 골목길로 새벽에 두 남녀가 나갔는지 그걸 조사해봐! 알아보고 바로 집으로 와!"

영미가 무칠이에게 말을 마치고 아차산 방향으로 걷기 시작했다.

"알았습니다! 누님!"

무칠이 꾸뻑 인사를 하고 동네 저편으로 달려갔다.

"젠장! 사람들 이목이 있어서 날아다닐 수도 없고. 산까지는 걸어가며 강철 오빠의 냄새를 추적해야지. 아무리 지웠다고 해도 조금은 남아 있지. 킥킥……"

영미가 투덜투덜. 중얼중얼. 거리다가 웃고 그렇게 아차산으로 걸어 갔다.

영미가 아차산에 들어서면서 인적이 없자 희미한 연기처럼 변해 산을 이리저리 날기 시작했다.

사람들이 보면 그냥 안개라고 착각이 들 정도다.

"큿. 이곳으로 갔군! 둘이 다정하게 날아갔겠지! 쳇……!"

영미의 투덜거리는 음성이 들렸다.

모습은 모이지 않았다.

오로지 안개처럼 희미한 영상만 지나갈 뿐.

"이정도로 냄새를 지우려면 無體 나머지 하나다! 無衣라 부르는 것. 그걸 착용한 자가 함께 동행했다!"

영미가 빠르게 날아가며 중얼거렸다.

"이 영미님을 어떻게 알고! 킥킥……!"

영미는 빠르게 날아서 이미 아차산 끝까지 도달했다.

"흠! 이곳에서 좌측으로 걸어갔군! 새벽이라도 날아갈 수는 없었을 테니! 택시라도 타고 갔나! 무칠이를 시켜야겠다!"

영미는 다시 오던 방향으로 날아가기 시작했다.

"킥킥…… 지금쯤이면 정아님도 내가 나타난 것을 알았을 테고. 지금까지 했던 행동은 못할 것이야! 더욱 치밀한 작전을 세우겠지! 흠. 그래야 재미있지. 너무 쉽게 끝나면 재미없어! 문제는 시간인데. 내가 찾아갈 때까지 오빠가 당하면 안 되는데! 정아님은 함부로 움직이지 못할 테니 걱정은 없는데. 문제는 無體. 그 無衣를 착용한 상대다!

그가 노리는 것은 아마도 강철 오빠와 완체일 것이야!"

영미는 더욱 빠르게 날았다.

한시가 급했기 때문이다.

"넌 즉시 아차산 끝에 도로에서 좌측 길로 새벽에 택시나 버스를 탄 20대 남녀를 찾아봐! 그리고 내 생각엔 기차를 탄 것 같으니깐 청량리 역에서 새벽에 기차를 탔나, 그것부터 알아봐! 급해!"

영미는 무칠이에게 급하게 명령을 내렸다.

무칠은 대답을 하는 둥 마는 둥 서둘러 골목길로 뛰어 사라졌다.

영미는 안절부절못하고 왔다 갔다 하고 있었다.

무칠이네 집 방이었다.

〈3권으로〉